루쉰문고

0 3

외침

루쉰문고 03 외침

초판 1쇄 발행 _ 2011년 7월 10일
초판 2쇄 발행 _ 2017년 5월 20일

지은이 · 루쉰
옮긴이 · 공상철

펴낸이 · 유재건 · 펴낸곳 · (주)그린비출판사 | 등록번호 · 제2017-000094호
주소 · 서울시 마포구 와우산로 180, 4층 | 전화 · 702-2717 | 팩스 · 703-0272
전자우편 · editor@greenbee.co.kr

ISBN 978-89-7682-133-1 04820 978-89-7682-130-0 (세트)
이 도서의 국립중앙도서관 출판시도서목록(CIP)은 e-CIP 홈페이지(http://www.nl.go.kr/
ecip)와 국가자료공동목록시스템(http://www.nl.go.kr/kolisnet)에서 이용하실 수 있습니다.
(CIP제어번호 : CIP2011002695)

외침

呐喊

공상철 옮김

ⁱ**B**
그린비

| 차례 |

외
침

『외침』(吶喊)에는 1918년에서 1922년까지 쓴 15편의 소설이 실려 있다. 1923년 8월 베이징 신조사(新潮社)에서 초판이 출판되어 동 출판사가 발간한 '문예총서' 중 하나로 편입되었다. 1926년 10월 3쇄부터 베이징 베이신서국(北新書局)으로 출판사를 옮겨 루쉰이 책임을 맡고 있던 '오합총서'(烏合叢書) 중 하나로 편입되었다. 1930년 13쇄부터 이 작품집에 수록되어 있던 「부저우산」(不周山)을 제외시켰다. 이 작품은 이후 「하늘을 땜질한 이야기」(補天)로 제목을 바꿔 『새로 쓴 옛날이야기』(故事新編)에 수록되었다.

서문[1]

 나도 젊었을 땐 많은 꿈을 꾸었다. 뒤에 대부분 잊어버렸지만 그래도 그리 애석하진 않다. 추억이란 사람을 즐겁게 만들기도 하지만 때론 쓸쓸하게 만들기도 한다. 이미 스러져 간 그 쓸쓸한 시간들을 정신의 실오라기로 붙들어 매어 둔들 또 무슨 의미가 있으랴. 나로선 깡그리 잊어버리지 못하는 것이 괴롭다. 그 남은 기억의 한 부분이 지금에 이르러 『외침』內喊이 된 것이다.

 예전에 나는 4년 남짓한 시간을 거의 매일같이 전당포와 약방을 들락거린 적이 있다. 몇 살 때인지 잊어버렸지만 아무튼 약방 창구가 내 키만 했고 전당포의 그것은 내 키의 갑절이나 되었다. 나는 내 키의 갑절이나 되는 전당포 창구 안으로 옷가지나 머리장식 같은 것을 들이밀어 모멸 어린 돈을 받은 뒤 다시 내 키만 한 약방 창구에서 병환 중인 아버지에게 드릴 약을 받아 오곤 했다. 집으로 돌아온 뒤엔 또 다른 일이 기다리고 있었다. 처방을 한 의원이 명의였던지라 거기에 소용되는 약재도 유달랐기 때문이다. 한겨울의 갈대뿌리, 삼 년이나 서리 맞은 사탕수수, 교미 중인 귀뚜라미, 열매 달린 평지목平地木 등등 하나같이 구하기 힘든 것들이었다. 하지만 아버지 병세는 날로 깊어져 끝내 세상을 버리고 말았다.

어지간한 생활을 하다가 밑바닥으로 추락해 본 사람이라면 그 길에서 세상인심의 진면목을 알 수 있으리라. 내가 N으로 가서 K학당에 들어가려 했던 것도 다른 길을 걸어 다른 곳으로 도망을 가 다르게 생긴 사람들을 찾아보고자 함이었을 게다.[2] 어머니는 방법이 없었는지 팔 원의 여비를 마련해 주시며 알아서 하라고 하셨다. 하지만 어머니는 울었다. 이는 정리情理상 당연한 것이었다. 그 시절은 경서를 배워 과거를 치르는 것이 정도正道요, 소위 양무洋務를 공부한다는 것은 통념상 막장 인생이 서양 귀신에게 영혼을 파는 것으로 간주되어 몇 갑절의 수모와 배척을 당해야 했으니 말이다. 더구나 어머니 역시 당신의 아들을 만날 수 없을 것이었다. 하지만 나 역시 그런 일에 구애될 수는 없었다. 하여 N으로 가서 K학당에 들어간 것이다. 이 학교에서 나는 비로소 세상에는 격치[3]니 수학이니 지리니 역사니 미술이니 체조니 하는 것이 있음을 알았다. 생리학은 배우지 않았지만 목판본 『전체신론』全體新論이나 『화학위생론』化學衛生論 같은 것을 볼 수는 있었다. 옛날의 한방 이론이나 처방을 신지식과 비교해 보고는 한의란 결국 의도하든 않든 간에 일종의 속임수에 불과하다는 것을 점차 깨닫게 되었다. 그러자 속임을 당한 병자나 그 가족들에 대해 동정심이 생겨났다. 게다가 번역된 역사책으로부터 일본의 유신이 대부분 서양 의

학에서 발단했다는 사실도 알게 되었다.

이런 유치한 지식은 그 뒤 내 학적을 일본의 어느 지방 도시 의학 전문학교에 두게 만들었다.[4] 내 꿈은 아름다웠다. 졸업하고 돌아가면 내 아버지처럼 그릇된 치료를 받는 병자들의 고통을 구제해 주리라, 전시에는 군의를 지원하리라, 그런 한편 유신에 대한 국민들의 신앙을 촉진시키리라, 이런 것이었다. 미생물학 교수법이 지금은 어떻게 발전했는지 모르겠지만, 아무튼 그 무렵엔 환등기를 이용해 미생물의 형상을 보여 주는 것이 일반적이었다. 어떤 때는 한 시간 강의가 끝나고 시간이 아직 남았을 경우 선생은 풍경이나 시사에 관한 필름을 보여 주는 것으로 시간을 때우곤 했다. 때는 바야흐로 러일전쟁 당시였으니 전쟁에 관한 필름이 많았음은 물론이다. 이 교실에서 나는 언제나 내 학우들의 박수와 환호에 동조하지 않으면 안 되었다. 한번은, 화면상에서 오래전 헤어진 중국인 군상을 모처럼 상면하게 되었다. 한 사람이 가운데 묶여 있고 무수한 사람들이 주변에 서 있었다. 하나같이 건장한 체격이었지만 몽매한 기색이 역력했다. 해설에 의하면, 묶여 있는 사람은 아라사[러시아]를 위해 군사기밀을 정탐한 자로, 일본군이 본보기 삼아 목을 칠 참이라고 했다. 구름같이 에워싸고 있는 자들은 이를 구경하기 위해 모인 구경꾼이었다.

그 학년이 채 끝나기도 전에 나는 도쿄로 왔다. 이 일이 있은 후로 의학은 하등 중요한 게 아니란 생각이 들었기 때문이다. 어리석고 겁약한 국민은 체격이 아무리 건장하고 우람한들 조리돌림의 재료나 구경꾼이 될 뿐이었다. 병으로 죽어 가는 인간이 많다 해도 그런 것쯤은 불행이라 할 수 없다. 그래서 우리가 제일 먼저 해야 할 일은 저들의 정신을 뜯어고치는 일이었다. 그리고 정신을 제대로 뜯어고치는데는, 당시 생각으로, 당연히 문예를 들어야 했다. 그리하여 문예운동을 제창할 염(念)이 생겨났다. 도쿄 유학생 대다수는 법정·물리화학·경찰·공업 같은 것을 공부하고 있었다. 문학이나 예술을 공부하는 자는 찾아보기가 어려웠다. 그래도 그런 썰렁한 분위기 속에서 그럭저럭 몇몇 동지를 찾아냈다. 그리고 꼭 필요한 몇 사람을 끌어모아 상의를 한 뒤 첫걸음을 잡지 출간으로 잡았다. 제목은 '새 생명'이란 의미를 취하기로 했다. 당시 우리에겐 복고풍이 대세였으니 그리하여 그 이름을『신생』新生이라 붙였던 것이다.

　『신생』의 출판기일이 다가왔지만 원고를 담당한 몇 사람이 자취를 감추었고 이어서 물주가 달아나 버렸다. 결국 땡전 한 푼 없는 세 사람만 달랑 남게 되었다. 시작부터가 이미 시류를 등진 것이었으니 실패한들 물론 할 말이 없었다. 그리고 그 뒤 이 셋조차 각자의 운명에 쫓겨 더 이상 한데 모여 미래의 아름다운 꿈을 이야기할 수도 없게 되었다. 이것이 유산된『신생』의 결말이다.

　이제껏 경험치 못한 무료를 느끼게 된 것은 그후의 일이다. 처음엔 왜 그런지 몰랐다. 그런데 그 뒤 이런 생각을 하게 되었다. 무릇 누군가의 주장이 지지를 얻게 되면 전진을 촉구하게 되고 반대에 부딪히면 분발심을 촉구하게 된다. 그런데 낯선 이들 속에서 혼자 소리를 질렀는데도 아무런 반응이 없다면, 다시 말해 찬성도 반대도 하지 않는다면, 아득한 황야에 놓인 것처럼 어떻게 손을 써 볼 수가 없다. 이는 얼마나 슬픈 일인가. 그리하여 내가 느낀 바를 적막이라 이름했다.

이 적막은 나날이 자라 큰 독사처럼 내 영혼을 칭칭 감았다.

허나 까닭 모를 슬픔이 있었지만 분노로 속을 끓이지는 않았다. 이 경험이 나를 반성케 했고 자신을 돌아보게 만들었기 때문이다. 그러니까 나라는 사람은 팔을 들어 외치면 호응하는 자들이 구름처럼 모여드는 그런 영웅은 결코 아니었던 것이다.

다만 나 자신의 적막만은 떨쳐 버리지 않으면 안 되었다. 내겐 너무도 고통스러웠기 때문이다. 그리하여 나는 온갖 방법을 써서 내 영혼을 마취시켰다. 나를 국민國民들 속에 가라앉히기도 했고 나를 고대古代로 돌려보내기도 했다. 그 뒤로도 더 적막하고 더 슬픈 일들을 몇차례 겪었고 또 보기도 했지만 하나같이 돌이켜 보고 싶지 않은 것들이었다. 할 수만 있다면 기꺼이 그 일과 내 뇌수를 진흙 속에 묻어 사라져 버리게 만들고 싶었다. 그런데 내 마취법이 효험이 있었던지 청년 시절 비분강개하던 염이 다시는 일지 않았다.

S회관에는 세 칸 방이 있었다.[5] 전하는 얘기로는 마당의 홰나무에 한 여인이 목을 매고 죽었다 했다. 지금 그 나무는 올라갈 수 없을 정도로 자랐지만 그 방엔 아직도 사람이 살지 않는다. 몇 년간 나는 그 방에서 옛 비문을 베끼고 있었다. 내방객도 드물고 비문 속에서 무슨 문제問題니 주의主義니 하는 것을 만날 일도 없었다.[6] 이런 식으로 내 생명이 어물쩍 소멸해 갔다. 이 역시 내 유일한 바람이었다. 여름밤엔 모기가 극성이었다. 홰나무 아래 앉아 종려나무 부채를 부치며 무성

한 잎 사이로 언뜻언뜻 비치는 시퍼런 하늘을 보고 있노라면 철 지난 배추벌레가 섬뜩하니 목덜미에 떨어지곤 했다.

그 무렵 이따금 이야기를 나누러 오는 이는 옛 친구 진신이金心異였다.[7] 손에 든 큰 가죽가방을 낡은 책상 위에 놓고 웃옷을 벗은 뒤 맞은편에 앉았다. 개를 무서워해서인지 그때까지도 가슴이 두근거리는 모양이다.

"이런 걸 베껴 어디다 쓰려고?" 어느 날 밤, 그는 내가 베낀 옛 비문들을 넘기면서 의혹에 찬 눈길로 물었다.

"아무 소용도 없어."

"그럼 이게 무슨 의미가 있길래?"

"아무 의미도 없어."

"내 생각인데, 자네 글이나 좀 써 보는 게……"

그의 말뜻을 모르는 게 아니었다. 그들은 한창 『신청년』新青年이란 잡지를 내고 있었다. 하지만 그 무렵 딱히 지지자가 있었던 것 같지도 않고, 그렇다고 대놓고 반대하는 사람도 없는 것 같았다. 필시 그들도 적막을 느끼고 있었으리라. 그런데 내 대답은 이랬다.

"가령 말일세, 쇠로 만든 방이 하나 있다고 하세. 창문이라곤 없고 절대 부술 수도 없어. 그 안엔 수많은 사람이 깊은 잠에 빠져 있어. 머지않아 숨이 막혀 죽겠지. 허나 혼수상태에서 죽는 것이니 죽음의 비애 같은 건 느끼지 못할 거야. 그런데 지금 자네가 고래고래 소리를 질러 의식이 붙어 있는 몇몇이라도 깨운다고 하세. 그러면 이 불행한 몇몇에게 가망 없는 임종의 고통을 주는 게 되는데, 자넨 그들에게 미안하지 않겠나?"

"그래도 기왕 몇몇이라도 깨어났다면 철방을 부술 희망이 절대 없다고 할 수야 없겠지."

그렇다. 비록 내 나름의 확신은 있었지만, 희망을 말하는데야 차마 그걸 말살할 수는 없었다. 희망은 미래 소관이고 절대 없다는 내 증명으로 있을 수 있다는 그의 주장을 꺾을 수 없었기 때문이다. 그리하여 결국 나도 글이란 걸 한번 써 보겠노라 대답했다. 이 글이 최초의 소설 「광인일기」狂人日記다. 그후로 내디딘 발을 물리기가 어려워져 소설 비슷한 걸 써서 그럭저럭 친구들의 부탁에 응했다. 그러던 것이 쌓여 십여 편이 되었다.

나 자신에게 있어서야, 나는 이제 절박해서 어쩔 수 없이 입을 열어야 하는 그런 인간은 아니라고 생각하지만, 아직도 지난 날 그 적막어린 슬픔을 잊지 못하고 있는 것일 터, 그래서 어떤 때는 어쩔 수 없이 몇 마디 고함을 내지르게 된다. 적막 속을 질주하는 용사들에게 거침없이 내달릴 수 있도록 얼마간 위안이라도 주고 싶은 것이다. 나의 함성이 용맹스런 것인지 슬픈 것인지 가증스런 것인지 가소로운 것인지 돌아볼 겨를은 없다. 그래도 외침인 이상 당연히 지휘관의 명령을 따라야 한다. 이따금 내가 멋대로 곡필曲筆을 휘둘러 「약」藥의 주인공 위얼瑜兒의 무덤에 난데없는 화환 하나를 바치거나 「내일」明天에서 산單씨네 넷째댁이 죽은 아들을 만나는 꿈을 짓밟지 않았던 것은 당시의 지휘관이 소극적인 것을 멀리했기 때문이다. 내 입장에서도 내 젊은 시절처럼 아름다운 꿈을 꾸고 있는 청년들에게 내 안의 고통스런 적막이라 여긴 것을 더 이상 전염시키고 싶지 않았던 것이다.

이렇게 말하고 보니, 내 소설이 예술과 거리가 한참 멀다는 것을 알 만하다. 그런데도 여전히 소설이라는 이름을 덮어쓰고 있고 책으로 묶을 기회까지 얻게 되었으니 어쨌거나 요행이라 하지 않을 수 없다. 요행이란 점이 나를 불안케 하지만 사람 사는 세상에 잠시 읽어 줄 이가 있으리란 억측도 하게 되니 아무튼 기쁜 일이다.

이에 나의 짤막한 이야기들을 묶어 인쇄에 넘긴다. 또한 앞서 말한 연유로 인해 『외침』이라 이름한다.

1922년 12월 3일 베이징에서 루쉰 적다

주)_____

1) 원제는 「自序」, 1923년 8월 21일 베이징 『천바오』(晨報)가 발행하는 『문학순간』(文學旬刊)에 발표했다.
2) N은 난징(南京)을 말하고, K는 강남수사학당(江南水師學堂)을 말한다. 루쉰은 1898년 강남수사학당에 입학했다. 이듬해 강남육사학당(江南陸師學堂) 부설 광무철로학당(礦務鐵路學堂)에 재입학하여 1902년 초에 졸업한 뒤 국비 유학생으로 일본에 유학을 떠났다.
3) '격치'(格物)란 오늘날 과학을 의미한다. 'science'라는 의미에 합당한 단어가 없어 신유학의 '격물치지'(格物致知)를 빌려 이렇게 표현했다.
4) 루쉰은 1904년에서 1906년까지 센다이(仙台) 의학전문학교에 재학한 바 있다.
5) S회관은 베이징 쉬안우먼(宣武門) 바깥에 있는 사오싱(紹興) 회관이다. 사오싱 출신들을 위한 거주지였는데, 1912년 5월부터 1919년 11월까지 루쉰은 여기서 기거했다.
6) 당시 지식인들 사이에서 이른바 '문제와 주의' 논쟁이라는 것이 벌어지고 있었다. 루쉰은 이를 풍자적으로 거론하고 있다.
7) 당시 신문화운동을 주도했던 인물 중 하나인 첸쉬안퉁(錢玄同)을 가리킨다.

광인일기[1]

모씨某氏 형제, 지금 그 이름은 은닉隱匿커니와, 둘 다 옛날 내 중학 시절의 양우良友다. 격절隔絶한 지 몇 해, 소식이 점점 감감해졌다. 일전에 우연히 개중 하나가 큰 병이 났단 소문을 듣고, 귀향 참에 길을 둘러 방문한즉, 근근이 하나를 만났더니, 병자病者는 그 아우라 하더라. 일부러 원행遠行해 주어 고마우이. 헌데 어쩐다, 이미 쾌차해 모某 지방의 후보候補로 부임하였으니. 그러곤 대소大笑하더니 일기 두 권을 내보이며 이르기를, 당시 병상을 알 수 있을 걸세. 친구에게 드리는 건 무방할 테지. 가지고 돌아와 열람閱覽해 본즉, 증세가 대개 '피해망상증'의 일종임을 알겠더라. 언사言辭가 자못 착잡한 데다 순차順次도 없고, 또 황당한 언설이 번다했다. 일월日月을 적진 않았으되, 먹 색깔과 글자체가 불일不一한 것이, 일시一時의 서물書物이 아님을 알겠더라. 간혹 제법 맥락脈絡을 구비한 데가 있어, 여기 한 편 문장으로 절록節錄하여, 의가醫家의 연구물로 제공코자 한다. 일기 속 오자誤字는 한 자도 바꾸지 않았다. 오직 인명人名만은 여항閭巷에 묻혀 사는 사람들이니 별무상관別無相關이나, 그래도 다 바꿨다. 서명書名은 당자當者 본인이 쾌차한 후 제題한 것인바, 고치지 않았다.

7년 4월 2일 지識

1.

오늘밤, 달빛이 참 좋다.

내가 달을 못 본 지도 벌써 30여 년, 오늘 보니 정신이 번쩍 든다. 그러고 보니 지난 30여 년이 온통 미몽迷夢 속을 헤매었던 게다. 허나 모름지기 조심하지 않으면 안 되는 법. 그게 아니라면 저 자오趙씨네 개가 어째서 날 노리고 있단 말인가?

겁을 낼 만도 한 게지.

2.

오늘은 전혀 달빛이 없다. 불길한 조짐이다. 아침에 조심스레 집을 나서는데 자오구이趙貴 영감 눈빛이 수상하다. 나를 겁내는 것인지 나를 해코지 하려는 것인지. 게다가 예닐곱 명이 머리를 맞댄 채 나에 대해 쑥덕거리고 있다. 내게 들킬까 겁을 내면서 말이다. 길거리 놈들 모두가 그랬다. 그중 제일 험상궂은 놈이 입을 헤벌린 채 나를 향해 히죽히 죽거린다. 머리끝에서 발꿈치까지 소름이 쫙 돈다. 놈들이 벌써 채

비를 다 갖춘 게야.

그러나 나는 꿋꿋이 가던 길을 갔다. 저만치 앞에서 꼬마 녀석들도 날 두고 쑥덕대고 있다. 눈빛도 자오구이 영감을 쏙 뺐고 얼굴빛도 죄다 푸르죽죽하다. 나랑 무슨 원수를 졌기에 저놈들까지 저 모양일까. 견딜 수 없어 버럭 소리를 질렀다. "뭐라 말을 해봐!" 녀석들은 줄행랑을 치고 말았다.

생각을 해본다. 내가 자오구이 영감과 무슨 원수를 진 것일까? 길거리 사람들과는 또 무슨 원수를 진 거지? 이십 년 전 구주古久 선생의 낡아빠진 출납 장부를 짓밟아 그 양반 기분을 잡치게 한 일밖에 없는데. 자오구이 영감이 그를 알진 못하지만 분명 풍문을 듣고 분개하고 있는 게다. 길 가는 사람들을 꼬드겨 나를 철천지원수로 몰려는 게다. 그런데 꼬마들은? 그즈음엔 아직 태어나지도 않았는데, 어째서 오늘 요상한 눈깔을 부라리고 있었던 게지? 나를 겁내는 듯 날 해치려는 듯 말이다. 이건 정말 무섭다. 납득도 안 될뿐더러 가슴 아픈 일이다.

그래, 알겠다. 놈들 에미 애비가 일러준 게야!

3.

밤엔 좀체 잠을 이룰 수가 없다. 만사는 모름지기 따져 봐야 아는 법.

놈들 중엔 지현知縣에게 차꼬질을 당한 놈도 있고, 신사紳士에게 귀싸대기를 맞은 놈도 있고, 아전衙前한테 마누라를 뺏긴 놈도 있고, 애비 에미가 빚쟁이 독촉에 목숨을 끊은 놈도 있다. 그때 놈들의 안색도 어제처럼 그리 무섭지도 않았고 그리 사납지도 않았다.

제일 수상쩍은 건 어제 길에서 만난 여편네다. 제 자식을 후리치며 입으론 "웬수야! 이 물어뜯어도 시원찮을 놈아!"라고 하면서 눈은 날 주시하고 있었다. 나는 기겁해서 어쩔 줄을 몰랐다. 그러자 저 시퍼런 얼굴에 승냥이 이빨을 한 작자들이 일시에 요란한 웃음을 터트렸다. 천라오우陳老五가 헐레벌떡 달려와 우격다짐으로 날 집으로 끌고 갔기에 망정이지.

끌려오는 나를 보고도 집안 사람들 모두가 모른 체했다. 그들 눈빛도 다른 놈들과 매양 일반이다. 서실書室로 들어서자 이내 밖으로 자물쇠가 걸린다. 완연히 닭장을 채우는 꼴이다. 이 일이 내막을 더 캘 수 없게 만들었다.

며칠 전 늑대촌의 소작인이 흉작을 하소연하러 와서 우리 형한테 한다는 말이, 그 마을의 어느 흉악한 자가 사람들에게 맞아 죽었는데 몇 사람이 그의 심장과 간을 파내 기름에 튀겨 먹었다는 거였다. 담이 커진다고 말이다. 내가 한마디 거들자 소작인과 형이 약속이나 한 듯 나를 힐끗거렸다. 오늘에야 알았다. 이들 눈초리가 바깥의 저 작자들과 영락없이 한통속임을.

생각하니 머리끝에서 발꿈치까지 소름이 쫙 돋는다.

저들이 사람을 먹는다면, 나라고 못 잡아먹을라고.

거 봐. "물어뜯겠"다는 여편네의 말이나 시퍼런 얼굴에 승냥이 이빨을 한 자들의 웃음이나 엊그제 소작인의 말은 암호인 게 분명하다. 내가 알아내고 말았다. 저들의 말이 온통 독이고 저들의 웃음이 온통 칼임을 말이다. 이빨은 또 어떻구. 온통 희번들하니 늘어선 것이 영락없이 사람을 잡아먹는 도구인 것이다.

스스로 비추어 생각해 봐도 내가 악인은 아닌데, 구古씨네 장부를 짓밟고 나서부턴 딱히 그리 말하기도 어렵게 되었다. 저들에게 무슨 꿍꿍이가 있는 것 같은데, 나로선 도무지 가늠할 수가 없다. 하물며 저놈들은 수틀리면 무턱대고 상대를 악인이라 하지 않는가. 형이 내게 문장 작법을 가르칠 때였나. 아무리 훌륭한 자라도 내가 그에 대해 몇 마디 트집을 잡으면 형은 동그라미 몇 개를 쳐 주었다. 반대로 형편없는 자를 몇 마디 싸고돌면 "기상천외한 발상에 군계일학의 재주로다"라고 했다. 그러니 대체 저들의 꿍꿍이속을 어찌 짐작이나 할 수 있겠나. 하물며 잡아먹겠다고 벼르고 있는 판에.

만사는 모름지기 따져 봐야 아는 법. 예로부터 사람을 다반사로 먹어 왔다는 건 나도 익히 알고 있다. 그러나 그리 확실치는 않다. 나는 역사책을 뒤져 꼼꼼히 살펴보았다. 이 역사책에는 연대도 없고, 페이지마다 '인의'仁義니 '도덕'道德이니 하는 글자들이 비뚤비뚤 적혀 있었다. 어차피 잠을 자긴 글렀던 터라 한밤중까지 요리조리 뜯어보았다. 그러자 글자들 틈새로 웬 글자들이 드러났다. 책에 빼곡히 적혀 있는 두 글자는 '식인'이 아닌가!

책에는 이런 글자가 널려 있고 소작인 입엔 이런 말들이 발려 있는데, 하나같이 수상한 눈깔을 부라리며 실실 나를 주시하고 있었던 것이다.

나도 사람이니, 저들은 나를 잡아먹으려 하는구나!

4.

아침엔 잠시 좌정했다. 천라오우가 밥상을 들였다. 채소 한 접시에 찐 생선 한 접시. 허옇고 딱딱한 눈깔에 입을 헤벌리고 있는 것이 영판 사람을 먹고 싶어 하는 저 작자들 꼬락서니다. 젓가락을 몇 번 갖다 대 봤지만 미끄덩거리는 것이 생선인지 사람인지 영, 뱃속 것들을 토해 내고 말았다.

"라오우, 형한테 말씀드려. 하도 갑갑해서 정원이나 좀 걷고 싶다 고 말이야." 그는 아무 대답도 없이 가 버리더니 조금 뒤 와서 문을 따 주었다.

나는 미동도 않고 저들이 날 어떻게 처치할지를 요량해 보았다. 널널하니 그냥 내버려 두진 않으리라. 아니나 다를까! 형이 늙은이 하 나를 안내하며 천천히 걸어왔다. 흉흉한 눈초리를 한 자였다. 그는 내 가 볼까 겁이 나는지 머리를 땅으로 처박으면서 안경테 너머로 슬쩍 슬쩍 나를 살폈다. 형이 말했다. "오늘 기분이 좋아 보이는구나." 내 가 말했다. "네." 형이 말했다. "오늘 허何 선생께 네 진찰을 좀 해주십 사 청을 드렸다." 내가 말했다. "그러시죠 뭐!" 이 늙은이가 망나니라 는 걸 내 어찌 모르겠는가! 맥을 짚는다는 핑계로 살집과 뼈대의 근수 를 헤아리려는 게 틀림없다. 그 공로로 한 점을 배당받아 처먹겠지. 그 래도 무섭지 않다. 나는 사람을 먹진 않지만 담은 저들보다 더 크다. 두 주먹을 불쑥 내밀고는 놈이 어떤 수작을 부리는지 지켜보았다. 늙 은이는 앉아서 눈을 감고는 한참을 어루만지더니 한동안 멍하니 있었다. 그러곤 이내 예의 그 귀신 눈깔을 뜨더니 이러는 거였다. "잡생각은 금물이오. 차분히 며칠을 요양하면 좋아질 거외다."

잡생각 말고 차분히 요양하라고! 요양을 해서 살이 오르면 물론 그만큼 더 먹을 순 있겠지. 근데 나한텐 무슨 이득이 있지? 어떻게 "좋아진"다는 거야? 저 일당들, 사람을 먹고 싶어 하면서도 어물쩍 감출 방법만 강구할 뿐 선뜻 손을 쓰지 못하는 꼴이라니, 정말 가관이구만. 참을 수가 없어 크게 웃고 났더니 기분이 매우 상쾌해졌다. 나는 안다. 이 웃음 속에 담긴 용기와 정의를. 늙은이와 형은 아연실색했다. 내 용기와 정의에 압도당한 것이다.

그런데 내게 용기와 정의가 있으니 놈들은 나를 더 먹고 싶어 안달이다. 이 용기와 정의의 덕을 조금이라도 보려는 것이다. 문을 나선 늙은이는 몇 걸음을 떼더니 나직한 목소리로 형에게 말했다. "서둘러 드십시다!" 형은 고개를 끄덕였다. 아니, 당신마저! 이 대大발견은 의외인 것 같지만 이 역시 짐작했던 바다. 패거리를 모아 나를 먹으려는 자가 다름 아닌 내 형이라니!

사람을 먹는 자가 내 형일 줄이야!

내가 사람을 먹는 사람의 동생일 줄이야!

나 자신이 먹힌다 해도 여전히 사람을 먹는 자의 동생일 줄이야!

5.

요 며칠은 한 걸음 물러나서 생각해 보았다. 가령 저 늙은이가 망나니가 아니라 진짜 의원이라 해도 역시 사람을 먹는 자다. 저들의 원조스승 이시진李時珍이 쓴 '본초本草 머시기'인가 하는 책에 사람 고기는 삶아 먹을 수 있다고 멀쩡히 쓰여 있지 않은가. 그러고도 저자가 자기는 사람을 먹지 않노라 말할 수 있단 말인가?

우리 형에 대해서도 절대 억울한 누명을 씌우는 게 아니다. 나한테 글을 가르칠 때 자기 입으로 '자식을 바꾸어 먹을' 수 있다고 말한 적이 있다. 또 한번은 무슨 얘기를 하다가 악당 하나가 입에 올랐는데, 그때 형은 쥑일 놈, '살은 먹고 가죽은 깔고 자야' 할 놈이구만, 이라 했다. 당시 어렸던 나는 한동안 심장이 콩콩거렸다. 엊그제 늑대촌 소작인이 와서 심장과 간을 먹었다는 얘기를 할 때도 덤덤하니 연신 고개를 끄덕이지 않았던가. 이것만 봐도 성정이 예전처럼 잔인하다는 걸 알 수 있다. 기왕 '자식을 바꾸어 먹을' 수 있다면 뭐든 바꿔 먹을 수 있고 누구든 먹을 수 있는 거다. 예전엔 그냥 형의 설교를 듣기만 할 뿐 어물쩡 주워 넘겼는데, 이제야 알았다. 그때 온 입술이 사람 기름으로 번들거렸을 뿐 아니라 온 마음이 사람 먹을 생각으로 그득했다는 것을.

6.

칠흑이다. 낮인지 밤인지. 자오씨네 개가 또 짖어 대기 시작한다.

사자 같은 음흉, 토끼의 겁약, 여우의 교활……

7.

저들의 수법을 알았다. 제 손으로 해치우는 건 내키지도 않을뿐더러 그럴 배포도 없다. 저주가 두려운 거다. 그리하여 저들 모두가 연락을 넣어 사방에 그물을 쳐 놓고 나를 사지로 몰고 있는 거다. 며칠 전 거리서 만난 남녀의 모양새나 엊그저께 형의 작태를 보면 십중팔구 틀림이 없다. 가장 좋기로는 허리띠를 풀어 대들보에 걸고 스스로 목을 죄도록 만드는 것이다. 그러면 살인의 죄명을 쓰지 않고도 소원을 성취하니 그 환호작약하는 소리가 천지를 진동하겠지. 그렇지 않고 경기驚氣와 우울증으로 죽는다 해도 얼마간 수척하긴 하겠지만 이 정도라면야 하고 고개를 끄덕일 테지.

네놈들은 그저 죽은 고기밖에 먹을 줄 모르지! 무슨 책에서 본 기억이 나는데, '하이에나'라는 짐승이 있다고 했다. 눈초리와 모양새는 볼썽사나운 것이 늘상 죽은 고기만 먹고 거대한 뼈다귀도 아작아작 씹어서 뱃속으로 삼켜 버린단다. 생각만 해도 오싹하다. '하이에나'는 늑대의 친척이고 늑대는 개와 동족이다. 엊그제 자오씨네 개가 날 힐끔거린 걸 보면 그놈도 공모하기로 벌써 입을 맞춘 모양이다. 늙은이는 눈을 땅에 깔고 있었지만 어찌 날 속일 수 있으리.

제일 불쌍한 건 우리 형이다. 그 역시 사람인데 어찌 두려워하지 않는단 말인가? 그것도 모자라 작당을 해서 나를 잡아먹으려 한단 말인가? 하도 인이 박혀 나쁘다는 걸 모르는 것일까? 아니면 양심이 다쳐 뻔히 알면서도 부러 범하는 것일까?

사람을 먹는 사람을 저주함에 있어 먼저 형에서 시작하리라. 사람을 먹는 사람을 만류하는 일도 먼저 형부터 착수하리라.

8.

사실 이 정도 이치는 이제쯤이면 놈들도 알아차릴 법하건만…….

갑자기 웬 자가 왔다. 나이는 기껏해야 스물 안팎에 생긴 건 분명치가 않다. 만면에 웃음을 띤 채 나한테 고개를 까딱이는데 웃음도 진짜 웃음 같진 않다. 내가 물었다. "사람을 먹는 게 옳은 일인가?" 그는 여전히 웃으며 말했다. "흉년도 아닌데 사람을 먹을 리가요." 나는 대번에 알아차렸다. 이놈도 한패로 사람 먹기를 즐기는구나. 그리하여 용기백배하여 끈질기게 추궁했다.

"옳냐고?"

"그런 걸 뭣하러 물으십니까? 원 참…… 농담을 다 하시고. …… 오늘 날씨 참말로 좋구만."

날씨 좋지. 달빛도 밝고 말야. 그러나 물어봐야겠어.

"옳은 거냐구?"

그는 그렇다고 하진 않았다. 말끝을 흐렸다.

"그렇다고 할 수는……."

"옳지 않다고? 근데 저놈들은 어째서 끝끝내 먹으려 하지?!"

"그럴 리가요……."

"그런 일이 없다고? 늑대촌에선 지금 먹고 있어. 책에도 적혀 있다니까, 시뻘건 피를 뚝뚝거리면서!"

　일순 그의 안색이 싹 바뀌었다. 무쇠처럼 시퍼런 얼굴이었다. 그러고는 눈을 부라리며 말했다. "있을 수도 있겠죠 뭐. 예전부터 그래 왔으니까……."

　"예전부터 그래 왔다면 옳은 거야?"

　"댁이랑 그런 이치를 들먹거리긴 싫소이다. 아무튼 댁은 입 닥치쇼. 입만 벙긋하면 헛소리를 해대니, 나 원!"

　벌떡 일어나 눈을 뜨니 그자는 보이지가 않았다. 전신이 땀범벅이다. 저놈 나이는 형보다 한참 어린데, 그런데도 역시 한패인 것이다. 이건 분명 제 에미 애비가 가르쳐 준 게다. 어쩌면 제 자식에게 가르쳐 줬는지도 모른다. 그랬으니 꼬맹이들조차 으르렁대며 나를 쳐다보는 게지.

9.

사람을 먹고 싶은데도 잡아먹힐 것이 무서워 하나같이 의심에 찬 눈초리로 서로의 낯짝을 훔쳐보는 형국이라니…….

　이런 심보를 지우고 마음 놓고 일을 하고 길을 걷고 밥을 먹고 잠을 잘 수 있다면 얼마나 편안할까. 그저 문지방 하나, 고비 하나만 넘으면 되는데. 그러나 저들은 부모, 형제, 부부, 친구, 사제, 원수, 생면부지의 사람들까지 한패가 되어 서로 격려하고 서로 견제하면서 죽어도 이 한 걸음을 내딛으려 하질 않으니.

10.

쾌청한 아침, 형을 찾아갔다. 그는 사랑채 문 밖에 서서 하늘을 보고 있었다. 나는 등 뒤로 걸어가 문을 가로막고는 유난히 차분하고 유례 없이 살갑게 말을 걸었다. "형님, 드릴 말씀이 있습니다."

"그래, 말해 보렴." 그는 얼른 얼굴을 돌리며 고개를 끄떡였다.

"몇 마디 되지도 않는데, 입이 떨어지지가 않네요. 형님, 그 옛날 야만인들은 제법 사람을 잡아먹었겠죠. 그 뒤 성정이 달라져, 어떤 자는 사람 먹는 걸 거부하며 그저 착해지려 애썼습니다. 그러다 보니 사람이 되었고, 멀쩡한 사람이 되었습니다. 반면에 어떤 자는 여전히 사람을 먹었습니다. 벌레처럼 말입니다. 어떤 이는 물고기가 되고 새가 되고 원숭이가 되었다가 이내 사람이 되었습니다. 그런데 어떤 이는 착해지려는 마음이 없어 지금도 여전히 버러지입니다. 사람을 먹는 이 사람은 사람을 먹지 않는 사람에 비해 얼마나 부끄러울까요? 아마 벌레가 원숭이를 보고 부끄러워하는 것과는 비교도 안 될 겁니다.

역아易牙가 제 자식을 삶아 걸주桀紂에게 바친 일은 줄곧 옛일이 기만 했습니다.[2] 그런데 누가 알았겠습니까? 반고盤古가 천지를 개벽 한 이래 줄곧 잡아먹다가 역아의 자식까지 이르렀고, 역아의 자식부 터 줄곧 잡아먹다가 서석림徐錫林까지 이르렀고, 서석림부터 줄곧 잡 아먹다가 늑대촌서 붙들린 자까지 이르게 될 줄 말입니다.[3] 작년 성 안에서 죄인을 참살했을 때, 폐병쟁이들이 찐빵으로 그 피를 찍어 핥 아 먹었습니다.

저들이 날 잡아먹으려 하고 있습니다. 형님 혼자로선 어찌 해볼 도리가 없겠지요. 그렇다고 해서 하필 패거리에 낄 건 또 뭡니까. 사람을 먹는 놈들이 무슨 일인들 못하겠습니까. 저들은 나를 잡아먹을 수도 있고, 형님을 잡아먹을 수도 있고, 심지어 패거리끼리 서로 잡아먹을 수도 있습니다. 그런데 한 걸음 방향을 틀기만 해도, 즉각 고치기만 해도, 모두 태평해질 수 있습니다. 예부터 그래 왔다고는 하지만, 우리 오늘이라도 그냥 단번에 착해질 수 있습니다. 안 된다고 말씀하세요! 형님, 형님은 그러실 수 있어요. 그저께 소작인이 소작료 인하를 요구했을 때도 안 된다고 하셨잖아요."

처음에 냉소를 띠고만 있던 그는 이내 눈초리가 흉측해지기 시작하더니 저들 속내를 들추자 온 얼굴이 시퍼렇게 변했다. 대문 밖에 서 있던 일당들——그 자오구이 영감과 그의 개도 그 속에 있었다——이 두리번거리며 밀치고 들어왔다. 어떤 놈은 생김새를 알아볼 수 없었다. 흡사 헝겊으로 가린 듯했다. 어떤 놈은 여전히 시퍼런 얼굴에 승냥이 이빨을 한 채 입을 앙다물고 씨익 웃고 있었다. 나는 똑똑히 안다. 저들이 한패이고 죄다 사람을 먹는 놈들이란 걸. 그러나 나는 놈들의 속사정이 한결같지 않다는 것도 안다. 예로부터 그래 왔으니 응당 먹어야 된다는 부류가 있는가 하면, 먹어선 안 된다는 건 알지만 여전히 먹으려 하고 그러면서도 남의 눈에 띨까 겁이 나고 그래서 내 말에 길길이 날뛰지만 입을 앙다문 채 냉소를 흘리기만 하는 부류도 있는 것이다.

이때 형도 흉악한 면상을 드러내더니 고함을 질렀다.

"모두 나가! 미친놈이 무슨 구경거리라고!"

이때 나는 놈들 수작의 교묘한 구석을 또 하나 알게 되었다. 놈들은 마음을 고쳐먹기는커녕 일찌감치 배치를 다 해둔 거다. 미친놈이라는 명목을 내게 덮어씌울 준비를 말이다. 이리하면 머잖아 잡아먹는다 해도 무사태평할 뿐 아니라 혹 사정을 감안해 줄 사람이 있을지도 모르니까. 소작인이 말한 모두가 먹었다는 그 악한의 경우가 딱 이 방법인 것이다. 놈들의 상투적인 수법이었구나!

천라오우도 씩씩거리며 걸어 들어왔다. 그런들 어찌 내 입을 틀어막을 수 있으리. 나는 저 일당들에게 기어코 말을 해주어야 했다.

"너흰 고칠 수 있어. 진심으로 고쳐먹으라구! 앞으로 사람을 먹는 자는 용납치도 않을 뿐 아니라 세상에서 살 수 없다는 걸 알아야 해.

당신들이 고치지 않는다면 당신들도 전부 먹히고 말 거야. 설사 애새끼를 줄줄이 낳는다 해도 참된 인간에게 멸절되고 말 거야. 사냥꾼이 늑대 씨를 말리듯이 말야! 벌레처럼 말이야!"

일당은 모두 천라오우에게 쫓겨나고 말았다. 형도 어디론가 가버렸다. 천라오우는 나를 달래 방으로 데리고 갔다. 방 안은 온통 암흑 천지다. 들보와 서까래가 머리 위에서 덜덜 떨고 있다. 한참을 덜덜거리다가 큼지막해지더니 내 몸을 덮친다.

천근만근의 무게, 꼼짝을 할 수가 없다. 나를 죽이려는 것이다. 나는 안다. 그 무게가 거짓이라는 걸. 몸부림쳐 나오니 온통 땀범벅이다. 그러나 기어코 말하고야 말리라.

"당신들 즉각 고쳐야 해, 진심으로 고쳐먹으라구! 이걸 알아야 돼. 앞으로 사람을 먹는 자는 용납치도 않을 뿐 아니라……."

11.

해도 뜨지 않고 문도 열리지 않는다. 매일 두 끼 밥.

젓가락을 집으니 형이 생각난다. 누이동생이 죽은 것도 전부 그 탓이었구나. 그때 누이동생은 겨우 다섯 살이었다. 그 예쁘고 가련한 모습이 눈에 선하다. 어머니는 끝없이 울었다. 그런데 형은 어머니를 울지 못하게 했다. 자기가 먹었으니 울면 적잖이 마음이 무거웠으리라. 아직도 마음이 무거울 수 있다면……

누이동생은 형에게 먹혔다. 어머니는 알고 계셨을까. 알 수 없다.

어머니도 알고 계셨을 게다. 그렇지만 울면서도 아무 말씀이 없으셨다. 당연한 일로 여겼으리라. 내가 네댓 살 때였나. 대청 앞에 앉아 바람을 쐬고 있는데 형이 이런 말을 했던 것 같다. 부모가 병이 나면 자식된 자는 모름지기 한 점 살을 베어 삶아 드시게 해야 훌륭한 사람이라고. 어머니도 안 된다고 하진 않았다. 한 점을 먹을 수 있다면 물론 통째로도 먹을 수 있다. 그런데 그날의 울음은 지금 생각해도 가슴 아프다. 참으로 이상한 일이 아닌가!

12.

아무 생각을 할 수가 없다.

사천 년간 내내 사람을 먹어 온 곳. 오늘에서야 알았다. 나도 그 속에서 몇 년을 뒤섞여 살았다는 걸. 공교롭게도 형이 집안일을 관장

할 때 누이동생이 죽었다. 저자가 음식에 섞어 몰래 우리에게 먹이지 않았노라 장담할 순 없다.

나도 모르는 사이 누이동생의 살점 몇 점을 먹지 않았노라 장담할 수 없는 것이다. 이젠 내 차례인데…….

사천 년간 사람을 먹은 이력을 가진 나, 처음엔 몰랐지만 이젠 알겠다. 제대로 된 인간을 만나기 어려움을!

13.

사람을 먹어 본 적 없는 아이가 혹 아직도 있을까?

아이를 구해야 할 텐데…….

1918년 4월

주)_____

1) 원제는 「狂人日記」, 1918년 5월 『신청년』 제4권 제5호에 발표했다.
2) 역아(易牙)는 고대의 요리사다. 왕이 인육에 호기심을 보이자 자기 아들을 요리하여 바쳤다는 전설이 있다. 걸주는 하(夏)나라의 걸(桀)왕과 은(殷)나라의 주(紂)왕으로 폭군의 대명사이다. 역아와 걸주는 동시대인이 아니다. 여기서 루쉰이 역아가 제 자식을 삶아 걸주에게 바쳤다고 하는 것은 광인의 착란된 심리상태를 보여 주기 위한 것이다.
3) 여기서 말하는 서석림(徐錫林)은 혁명가 서석린(徐錫麟, 1873~1907)을 가리킨다. 루쉰과 동향 사람이었다.

쿵이지[1]

루전魯鎭의 주점 구조는 여느 고장과는 딴판이었다. 기역자 모양의 선술 탁자가 거리로 나 있고, 술탁 안엔 언제든지 술을 데울 수 있도록 더운 물이 준비되어 있었다. 정오나 해질 무렵 일을 마친 막벌이꾼들은 너나 할 것 없이 동전 네 푼에 술 한 사발을 사서 ── 이는 이십여 년 전 일로 지금은 사발당 열 푼씩은 줘야 될 것이다 ── 술탁 바깥쪽에 기대어 선 채 따끈한 술을 들이켜며 긴 숨을 돌리곤 했다. 한 푼 더쓴다 하면 소금물에 데친 죽순이나 회향두茴香豆 한 접시를 안주로 삼을 수 있었다. 열 몇 푼을 내면 고기요리를 맛볼 수야 있겠지만, 여기 고객들 다수는 몽당옷의 날품팔이들이라 그런 호사와는 인연이 없었다. 장삼長杉을 걸친 축이나 되어야 건너편 내실로 거들먹거리며 들어가 술타령에 요리타령을 하며 느긋하니 마실 수나 있었던 것이다.

　열두 살 때부터 나는 마을 어귀 셴헝咸亨 주점에서 사환 노릇을 했다. 주인양반 하는 말이, 꼬락서니가 맹한 것이 장삼 입은 단골들 시중은 어림없겠으니 바깥에서 잔일이나 도우라는 거였다. 바깥의 몽당옷 단골들은 말상대는 수월했지만 이러니저러니 막무가내로 들러붙는 찰거머리들도 적지 않았다. 술독에서 제대로 황주黃酒를 퍼내는지 직접 봐야겠다고 뻗대는 건 기본이었다. 술 주전자 바닥에 물은 없는지 살피는 것도 모자라 술 데우는 물에 주전자 넣는 것까지를 제 눈으로 보고 나서야 마음을 놓곤 했던 것이다. 이처럼 삼엄한 감시하에서 술에 물을 타기란 여간 힘든 일이 아니었다. 그렇게 며칠이 지나자 주인은 내가 이 일을 할 만한 깜냥이 못된다고 또 타박이었다. 다행히 소개한 사람과의 두터운 친분 탓에 쫓겨나진 않았지만, 허구한 날 술이나데우는 무료한 직무를 도맡게 된 건 어쩔 수 없는 일이었다.

이때부터 나는 온종일 선술 탁자 안에 서서 내 소임에 충실했다. 별다른 실수는 없었지만 지루함과 나른함은 어찌할 수가 없었다. 주인양반은 으르렁대지 단골들도 인정머리라곤 없지 애당초 생기와는 무관한 생활이었다. 다만 쿵이지가 행차를 해야 몇 번 웃음살이나 펼수 있었다. 그래서 지금도 기억하고 있는 것이다.

쿵이지는 선술 손님 가운데 유일하게 장삼을 입은 자였다. 훤칠한 키에 희묽은 얼굴 주름 사이론 상처자국이 끊이질 않았고 희끗한 수염을 덥수룩하니 달고 있었다. 걸친 것이 장삼이라곤 하나, 땟국에 절고 너덜거리는 것이 십 년 정도는 빨지도 꿰매지도 않은 듯싶었다. 말끝마다 '이로다, 하느니'를 달고 다니는 통에 듣는 이로 하여금 긴가민가 고개를 갸우뚱거리게 만들기가 일쑤였다. 그의 성이 쿵孔이었는지라 사람들은 습자교본상의 '상다런쿵이지'上大人孔乙己라는 알쏭달

쑹한 구절을 따서 그에게 쿵이지孔乙己란 별명을 붙여 주었던 것이다.
쿵이지가 가게에 나타나면 모든 술손님들은 그를 놀려 댔다. 누군가
가 "쿵이지, 얼굴에 흉터가 하나 더 늘었구만!" 하면 그는 아무런 대꾸
도 않고 술탁 안쪽으로 "두 사발 데워 줘. 회향두 한 접시하고" 하면서
아홉 푼을 늘어놓았다. 그들은 또 일부러 큰소리를 질러 댔다. "자네
또 남의 물건을 훔친 게로구만!" 그러면 쿵이지는 눈을 부릅뜨고 되
받았다. "그댄 어이하여 이토록 터무니없이 청백淸白을 훼오毁汚려는
고……?" "청백은 무슨 개뿔. 그저께 자네가 허何씨댁 책을 훔치다가
거꾸로 매달려 매타작 당하는 걸 이 두 눈으로 똑똑히 봤는데 그래."
쿵이지는 금방 얼굴이 시뻘겋게 달아오르더니 이마에 퍼런 힘줄을 죽
죽거리며 항변했다. "책 훔치는 일은 도둑질이라 할 수 없나니…… 책
을 훔친다는 건!…… 독서인의 업業인저, 어찌 절도라 할 수 있으리?"
그러고는 연이어 "군자란 본디 궁핍하다"느니 무슨 '이리오' 따위의
알아먹지 못할 말들로 모두의 웃음을 자아냈다. 그러면 가게 안팎으
로 상큼하고 발랄한 공기가 가득 차는 것이었다.

　사람들이 뒷전에서 하는 말에 의하면 쿵이지도 원래는 글깨나
읽었다는 거였다. 그런데 끝내 과거에 붙지 못해 생계를 꾸릴 수 없게
되었고, 그리하여 나날이 궁핍해져 밥을 빌어먹는 지경이 되고 말았
다는 거였다. 다행히 글씨를 잘 썼던지라 남들에게 책을 베껴 주며 입
에 풀칠을 할 수는 있었다. 그러나 애석하게도 그에겐 못된 버릇이 있
었으니, 술망태에 게으름뱅이라는 게 그것이었다. 일을 시키면 며칠
을 진득하니 앉아 있지 못하고 사람과 책, 종이, 붓, 벼루까지 한꺼번

에 종적이 묘연해지는 것이었다. 이러기를 몇 차례, 이윽고 그에게 책을 필사해 달라고 청하는 사람도 없게 되었다. 대책이 없던 쿵이지는 하는 수 없이 이따금 남의 물건에 손을 대기에 이르렀다. 그런데 우리 가게에서는 다른 이들보다 품행이 훨씬 반듯해서 외상을 한 번도 미룬 적이 없었다. 간혹 돈이 없으면 잠시 칠판에 달아 두긴 했지만 한 달도 안 돼서 깔끔히 갚고는 칠판에 쿵이지란 이름을 슥슥 지워 버리는 거였다.

반 사발 넘게 술을 들이켜자 시뻘겋게 올랐던 쿵이지의 얼굴색이 점점 본래 모양대로 돌아왔다. 그러면 옆에 있던 사람이 또 치근댔다. "쿵이지, 자네 정말 글을 아나?" 그러면 쿵이지는 그들을 빤히 쳐다보며 입을 벙긋하는 것조차 부질없다는 기색을 내비쳤다. 그들의 집적거림은 계속된다. "그럼 어째서 반쪽짜리 수재秀才도 따내지 못한 거지?"[2] 이 한마디에 쿵이지는 금세 풀이 죽어 안절부절 어쩔 줄을 모르면서 잿빛 얼굴로 뭐라 중얼거렸다. 그러나 이번엔 온통 '이로다, 하느니' 따위여서 뭔 소린지 알아들을 수가 없다. 이때쯤 모두들 웃음을 터트린다. 가게 안팎에는 상큼하고 발랄한 공기가 가득 찬다.

그럴 때 나도 덩달아 웃음이 터졌다. 주인양반은 이를 나무라진 않았다. 그러긴커녕 매번 그가 발 벗고 나서 쿵이지를 집적거리며 사람들을 웃겼던 것이다. 쿵이지는 저들과는 말이 안 통한다고 치부하고 아이들에게만 말을 걸었다. 한번은 나한테 물었다. "글공부를 했느냐?" 내가 대충 고개를 까딱거렸더니 이러는 거였다. "글을 읽었단 말이지…… 널 시험을 좀 해보마. 회향두의 회茴자는 어떻게 쓰는 것이냐?" 거지나 다름없는 주제에 날 시험하겠다고? 이리 생각한 나는 고개를 팩 돌리며 상대도 하지 않았다. 쿵이지는 한참을 기다리더니 간곡한 어조로 이렇게 말했다. "못 쓰겠나 보지?…… 내가 가르쳐 주마. 익혀 두거라! 이런 글자는 익혀 둬야 한다. 앞으로 주인이 되면 장부 정리 때 필요할 터이니." 속으로 나는 이렇게 생각했다. 내가 주인 급이 되려면 아직 까마득하네요. 게다가 우리 주인양반은 회향두는 장부에 적지도 않걸랑요. 우습기도 하고 성가시기도 해서 건성으로 대답을 건넸다. "누가 아저씨더러 가르쳐 달래요? 초두艸 밑에 돌아올 회回잖아요?" 쿵이지는 신바람이 나서 길다란 손톱 두 개로 탁자를 또 각거리며 고개를 끄떡이는 것이었다. "옳거니, 옳거니!…… 회자에는 네 가지 서법이 있느니라. 알고는 있느냐?" 나는 이러다간 더 성가시겠다 싶어 입을 삐죽하고는 저만치 내빼 버렸다. 손톱에 막 술을 적셔 탁자에 글씨를 쓰려던 쿵이지는 내 이런 무관심에 다시 긴 한숨을 내쉬며 애석하다는 표정을 역력히 드러냈다.

어떤 때는 이웃의 꼬마들이 웃음소리를 듣고 부리나케 달려와 쿵이지 주변을 에워싸는 것이었다. 그는 그들에게 회향두 하나씩을 나눠 주었다. 꼬마들은 콩을 먹고 나서도 접시를 빤히 쳐다보는 것이 도무지 흩어질 태세가 아니었다. 그러면 쿵이지는 허둥지둥 다섯 손가락으로 접시를 덮고 허리로 감싸며 말했다. "이제 없어, 얼마 남지 않았단 말야." 그러고는 몸을 펴고 다시 콩을 살펴본 뒤 고개를 젓는 것이었다. "이젠 없어, 이젠 없다니까! 많은가? 많지 않도다." 그러면 꼬마들은 낄낄대며 흩어지는 것이었다.

쿵이지는 이처럼 사람들을 쾌활하게 만들었다. 그러나 그가 없어도 사람들은 이렇게 지냈다.

어느 날인가, 아마 추석 이삼 일 전이었으리라. 느긋이 장부를 정리하던 주인은 칠판을 떼어 내리며 대뜸 이런 말을 했다. "쿵이지가 오랫동안 안 왔구만. 외상값이 열아홉 푼이나 남았으니 말이야." 그러고 보니 아닌 게 아니라 한동안 그를 보지 못했다. 술을 들고 있던 누군가가 대거리를 했다. "어찌 오겠나?…… 다리가 부러졌으니." 주인이 받았다. "잉?" "개 버릇 남 줄라고. 또 도둑질이니. 이번엔 제 깐에 정신이 어찌 된 모양이야. 딩丁 거인擧人댁 물건을 훔치러 갔으니 말야. 그 댁 물건이라니, 어디 가당키나 한 말인가?" "그래서 어찌 되었는데?" "어찌 되었냐구? 자백서를 쓰게 한 뒤 타작을 한 거지. 오밤중까지 몽둥이질을 하고는 그것도 모자라 다리를 분질러 버린 거야." "그래서?" "그래서 다리를 분질렀다니까." "부러진 뒤 어찌 되었는데?" "어찌 되었을까?…… 넌들 알겠나? 죽었겠지 뭐." 주인도 더 이상 추궁하기가 무엇한지 하던 장부 정리를 느긋이 계속했다.

추석이 지나자 가을바람이 하루가 달리 차가워지는 것이 초겨울이 코앞인 듯했다. 나는 온종일 불을 끼고 살면서도 솜옷을 껴입지 않으면 안 되었다. 어느 날 오후 손님도 없고 해서 지그시 눈을 감고 앉아 있던 중이었다. 별안간 어떤 목소리가 들려왔다. "한 사발 데워 다오." 매우 나직했지만 귀에 익은 목소리였다. 눈을 떠 보았지만 사람 그림자도 보이지 않았다. 일어서서 밖을 둘러보니 쿵이지가 선술 탁자 밑에서 문지방을 마주하고 앉아 있는 거였다. 얼굴은 시커먼 데다 수척해진 것이 도저히 사람의 몰골이라 하기 어려웠다. 너덜거리는 겹옷을 입고 책상다리를 한 채 바닥에 거적을 깔고 새끼줄로 그걸 어깨에 둘러메고 있었다. 나를 보고는 거듭 재촉했다. "한 사발 데워 다오." 주인양반도 고개를 내밀더니 힐끗 말을 던졌다. "쿵이지인가? 자네 아직 외상이 열아홉 푼이나 남았어!" 쿵이지는 시르죽은 얼굴로 위를 쳐다보며 말했다. "그건…… 다음에 갚겠네. 오늘은 현금일세. 좋은 술로 주게." 주인은 여느 때처럼 웃으며 말을 건넸다. "쿵이지, 자네 또 물건을 훔쳤지?" 하지만 이번엔 변명은커녕 일침을 놓을 뿐이었다. "실없는 소리 마!" "실없다니? 훔치지 않았다면 어째서 다리가 사단이 난 거냔 말이야?" 쿵이지는 나지막이 말했다. "넘어져 부러진 거야. 넘어졌지, 넘어졌다고……." 그의 눈빛은 마치 더 이상 묻지 말아 달라고 애걸하는 듯했다. 벌써 몇몇이 모여들어 주인과 히히덕거리고 있었다. 나는 술을 데워 받쳐 들고 나가 문지방 위에 놓았다. 그는 다 해진 주머니에서 동전 네 푼을 더듬어 내 손에 놓는 것이었다. 그의 손은 흙투성이였다. 그 손으로 걸어왔을 터였다. 금세 술을 비운 그는 다시 앉더니 그 손으로 주변의 지껄임과 비웃음 속을 천천히 걸어갔다.

그 뒤로 또 오랫동안 쿵이지를 보지 못했다. 연말이 되자 주인은 칠판을 떼 내리며 말했다. "쿵이지는 아직도 외상이 열아홉 푼 남았구만!" 그다음 해 단옷날이 되어서도 또 그랬다. "쿵이지는 아직도 외상이 열아홉 푼 남았구만!" 그러나 올 추석엔 아무 말도 하지 않았다. 다시 연말이 왔어도 그는 보이지 않았다.

지금까지도 나는 그를 보지 못했다. 아마 죽었으리라.

1919년 3월

주)_____

1) 원제는 「孔乙己」, 1919년 4월 『신청년』 제6권 제4호에 발표했다.
2) 수재는 생원(生員)의 별칭으로 과거시험을 볼 수 있는 자격을 얻은 자를 지칭한다.

약[1]

1.

어느 가을날, 달은 졌으나 해가 뜨지 않아 검푸른 하늘만 덩그런 새벽 녘이었다. 야행 동물들 외에 모든 것이 잠들어 있었다. 화라오솬華老栓 은 벌떡 일어나 성냥을 그어 기름때 찌든 등잔에 불을 붙였다. 차관茶 館 두 칸 방에 파리한 빛이 차올랐다.

"샤오솬小栓 아부지, 지금 가실라요?" 늙은 여인의 목소리였다. 안쪽 골방에선 한바탕 쿨럭임이 일었다.

"응." 라오솬은 단추를 채우며 손을 내밀었다. "이리 줘."

화씨네 큰댁은 베개 밑을 한참 더듬거리더니 은전 한 꾸러미를 꺼내 라오솬에게 건넸다. 라오솬은 떨리는 손으로 주머니에 넣고 두어 번 지긋하니 겉을 눌러 보았다. 그러고는 초롱에 불을 붙인 뒤 등잔불을 끄고 골방으로 걸어갔다. 골방에선 그르렁 쌕쌕거리는 소리가 한창

이었다. 이어서 한바탕 기침이 터져 나왔다. 기침이 가라앉자 라오솬은 목소리를 낮추며 말했다. "샤오솬…일어나지 마라.……가게 말이냐? 네 엄마가 볼 거다."

아무런 대답이 없자 라오솬은 편히 잠들었으려니 하며 문을 나섰다. 칠흑의 거리는 텅 비어 있었다. 분간이 가는 거라고는 한 줄기 희붐한 길 뿐이었다. 초롱이 종종걸음치는 두 다리를 비췄다. 몇 번 개를 마주치긴 했지만 한 놈도 짖지 않았다. 거리는 집안보다 훨씬 추웠지만 라오솬은 오히려 상쾌했다. 어느 날 갑자기 소년이 되어 생명을 부여하는 신통한 재능을 얻기라도 한 것처럼 내딛는 발길이 유난히 사뿐하고 성큼했다. 게다가 길도 갈수록 훤해졌고 하늘도 갈수록 환해졌다.

걸음에 몰두하던 라오솬이 홀연 흠칫했다. 저 멀리 丁자형 삼거리가 선연히 가로놓여 있는 것이었다. 몇 보 뒷걸음질친 그는 문이 잠긴 점포 처마 밑에 숨어들어 문에 기대섰다. 얼마나 지났을까, 몸에서 한기가 일었다.

"흥, 영감탱이."

"좋기도 하겠수……."

라오솬은 또 한 번 흠칫했다. 눈을 크게 뜨고 보니 몇 사람이 자기 앞을 지나간 것이었다. 그중 하나가 고개를 돌려 그를 보았다. 모습이 분명치는 않았지만 오래 배를 주린 짐승이 먹이를 발견하고 낚아채려는 듯 광채가 번뜩였다. 초롱은 꺼진 지가 이미 오래였다. 주머니를 눌러 보니 딱딱한 것이 그대로였다. 고개를 들어 양쪽을 둘러보니 기괴한 분위기의 군상들이 삼삼오오 짝을 이룬 채 귀신처럼 배회하고 있었다. 다시 눈여겨보니 달리 괴상한 구석은 보이지 않았다.

얼마 뒤 병사 몇이 저쪽에서 걸어오는 것이 보였다. 군복 앞뒤에 찍힌 희고 큰 동그라미가 멀리서도 알아볼 수 있었다. 앞을 지날 땐 제복의 검붉은 테두리까지 알아볼 정도였다. 후다닥 한바탕 발걸음 소리가 진동하더니 순식간에 사람들이 몰려들었다. 삼삼오오 배회하던 그자들도 홀연 한 무더기가 되어 물결처럼 나아가더니 丁자 삼거리에 이르러 돌연 멈추어 서서 반원형으로 무언가를 에워싸는 것이었다.

라오솬도 그쪽을 쳐다보았지만 보이는 거라곤 군상들의 등짝뿐이었다. 하나같이 목을 쭉 뻗고 있는 것이 마치 수많은 오리들이 보이지 않는 손에 목을 붙들려 대롱거리는 형국이었다. 잠시 정적이 이어졌다. 무슨 소리가 나는 듯하더니 또다시 술렁이기 시작했다. 덜커덕하는 소리에 모두가 뒤로 물러섰다. 라오솬이 서 있는 곳까지 밀려나는 바람에 하마터면 쓰러질 뻔했다.

"어이! 돈 주고 물건 가져가슈!" 시커먼 덩치가 라오솬 앞에 섰다. 그의 눈빛이 두 자루 칼처럼 라오솬을 동강 냈다. 큼지막한 손이 그 앞에 펴졌다. 다른 한 손은 시뻘건 찐빵 하나를 집고 있었다. 거기선 아직도 시뻘건 것이 뚝뚝 떨어지고 있었다.

황급히 주머니를 더듬거려 떨리는 손으로 은전을 건네긴 했지만, 도저히 그 물건을 받을 엄두가 나질 않았다. 초조해진 그자가 소리를 질렀다. "뭐가 무서워? 안 받을 거야!" 라오솬은 여전히 머뭇거리고 있었다. 그러자 시커먼 덩치는 초롱을 낚아채고는 등피橙皮를 북 찢어 내더니 찐빵을 싸서 라오솬에게 들이밀었다. 한 줌 은전을 낚아챈 그는 몸을 돌려 사라지면서 궁시렁댔다. "늙어 빠진 게……."

"그걸로 누구 병을 고친대여?" 누군가가 묻는 듯했지만 대꾸도 하지 않았다. 그의 정신은 온통 이 꾸러미에 팔려 있었다. 십대 독자 핏덩이를 안고 있어 다른 일은 관심 밖이라는 듯. 그는 지금 꾸러미 속의 새 생명을 집안에 이식시켜 풍성한 행복을 수확하려는 참이다. 태양이 떴다. 그의 앞으로 대로가 열리더니 그의 집까지 이어졌다. 뒤편 丁자 삼거리 낡은 현판의 '古×亭口'라는 바랜 금박 글자 위에도 햇살이 비쳤다.

2.

집에 도착하니 가게는 이미 말끔히 정리되어 있었다. 줄줄이 늘어선 다탁茶卓에선 번쩍번쩍 빛이 났다. 손님은 아직이었다. 샤오솬이 안쪽 탁자에 앉아 밥을 먹고 있었다. 굵은 땀방울이 이마에서 연신 떨어졌고 등에 착 달라붙은 저고리 위로 솟은 어깨뼈가 '八'자를 만들어 내고 있었다. 이 모습에 라오솬의 미간이 찡그려졌다. 아궁이에서 뛰쳐나온 그의 아내는 눈을 둥그렇게 뜬 채 입술을 떨고 있었다.

"구했어요?"

"구했어."

둘은 아궁이 쪽으로 들어가 한참 뭔가를 쑥덕거렸다. 조금 뒤 밖으로 나간 화씨댁이 큼직한 연잎 하나를 가져와 탁자 위에 펼쳤다. 라오솬은 등피를 펼쳐 연잎으로 그것을 다시 쌌다. 샤오솬도 밥을 다 먹은 상태였다. 그녀는 황급히 타일렀다.

"샤오솬, 그냥 앉아 있거라. 이리 오면 안 돼."

그녀가 아궁이 불씨를 살리자 라오솬은 아궁이 속으로 초록빛 뭉치와 희끗불긋 너덜거리는 초롱을 함께 쑤셔 넣었다. 일순 검붉은 화염이 한바탕 일더니 온 가게에 야릇한 냄새가 퍼졌다.

"냄새 한번 좋고! 뭘 그리 자시나?" 곱사등이 우五 도령이었다. 허구한 날 차관에서 죽치며 시간을 때우는 자였다. 제일 먼저 출근해서 제일 늦게 자리를 뜨는 일이 그의 몫이었다. 길 쪽 구석 탁자에 어기적거리고 앉으며 그가 물었지만 아무도 대꾸를 하지 않았다. "쌀죽을 쑤나?" 여전히 반응이 없었다. 라오솬이 총총걸음으로 나와 그에게 차를 따랐다.

"샤오솬, 들어오거라!" 화씨댁이 샤오솬을 안쪽 방으로 불러들였다. 가운데 걸상이 놓여 있었고 샤오솬이 거기 앉았다. 그녀는 시커멓고 둥근 것을 접시에 받쳐 들고는 설피시 입을 열었다.

"먹거라. 병이 나을 게다."

샤오솬은 시커먼 것을 집어 들고 한참을 쳐다보았다. 자기 목숨을 들고 있기라도 한 듯 기이한 느낌이 일었다. 조심스레 가르자 바삭거리는 껍질 속에서 한 줄기 하얀 김이 훅 솟았다. 김이 사라지고 보니 찐빵 두 쪽이었다. 얼마 뒤 남김없이 뱃속으로 들어갔지만 무슨 맛인지 전혀 생각이 나질 않았다. 한쪽엔 그의 아버지가 서 있었고 다른 한쪽엔 그의 어머니가 서 있었다. 둘의 눈초리는 그의 몸 안에 무언가를 들이부었다가 다시 그걸 끄집어낼 태세였다. 이내 심장이 요동쳤다. 그는 가슴을 억누르고 또 한바탕 기침을 뱉어 냈다.

"눈 좀 붙이거라. 그럼 좋아질 거다."

샤오촨은 어머니가 시키는 대로 쿨럭이며 잠이 들었다. 기침이 잦아들기를 기다렸다가 그녀는 누덕누덕 기운 이불을 살포시 덮어 주었다.

3.

가게는 손님으로 가득했다. 라오촨도 바빴다. 큼직한 구리 주전자를 들고 연신 손님들에게 차를 따르고 있었다. 두 눈 언저리에 검은 테가 선연히 드리워 있었다.

"라오촨, 어디 불편한가? 병이라도 났나?" 수염이 희끗한 자가 말을 걸었다.

"아닙니다요."

"아니라고? 어쩐지 싱글거리는 게 아픈 거 같지는……." 흰 수염이 이내 자기 말을 되삼켰다.

"이 양반이 웬만히 바빠야지. 아들놈이라도……." 곱사등이 도령의 말이 채 끝나기도 전에 돌연 험상궂은 사내 하나가 성큼 들어섰다. 검은색 무명 장삼을 걸치고 단추도 풀어헤친 채 검은색 널따란 허리띠를 아무렇게나 허리춤에 두르고 있었다. 문을 들어서자마자 라오촨에게 소리를 질렀다.

"먹었어? 좋아졌나? 라오촨, 자넨 정말 운이 좋았어! 내가 귀띔이라도 안 해줬어 봐……."

라오촨은 한 손으로 찻주전자를 들고 다른 한 손은 다소곳이 내린 채 싱글거리며 그의 말을 듣고 있었다. 가게에 있던 손님들도 다소곳이 그의 말을 경청하고 있었다. 화씨댁도 검은 테가 드리운 눈으로 싱글거렸다. 찻잔과 찻잎을 꺼내와 감람橄欖 하나를 곁들이자 라오촨이 물을 따랐다.

"이건 틀림없어! 여느 것하곤 다르다니까. 생각해 보라구. 따끈할 때 가져왔겠다, 또 따끈할 때 먹였겠다." 험상궂은 사내는 연신 소리를 질러댔다.

"그렇고말고요. 캉康 아저씨가 아니었다면 어찌 이런……." 화씨댁도 연신 주억거리며 감사를 표했다.

"틀림없어, 틀림없는 거라니까! 따끈할 때 먹었으니 말이야. 사람 피 먹인 찐빵은 폐병엔 직방이라니까!"

화씨댁은 '폐병'이라는 말에 다소 기분이 언짢은 듯 안색을 구겼지만 이내 웃음으로 얼버무리고는 자리를 떴다. 캉 아저씨란 자는 눈치도 없이 아직도 목성을 높이고 있었다. 샤오촨이 쿨럭이는 소리가 그 소리에 섞여 들었다.

"알고 보니 이 집 아들 샤오촨이 그런 행운을 잡았구만. 암 물론이지, 낫다마다. 어쩐지 온종일 라오촨 얼굴이 피었다 했더니." 흰 수염은 추임새를 넣으면서 사내 앞으로 다가가 목소리를 깔았다. "캉 형, 어제 사단 난 범인이 샤夏씨 집안 아들놈이라던데, 몇째 집 아들이야? 대체 뭔 일이 있었던 거야?"

"누구겠어? 샤씨 집안 넷째 집 놈이지. 고 맹랑한 놈 말야!"

사내는 모두가 귀를 세우고 있는 걸 보고 한층 신이 났다. 그리하여 뒤룩거리는 낯살을 팽팽히 조이며 언성을 한층 더 돋우었다. "그놈이야 살기 싫다니 뒈지면 그만이지. 근데 난 뭐야, 이번에 국물 한 방울도 못 먹었으니 말야. 하다못해 벗겨 낸 그놈 옷까지 토끼눈깔 간수 아이阿義가 몽땅 가져가 버렸다니까. 땡잡은 건 우리 촨 영감이지. 그다음은 샤씨 집안 셋째 놈이고. 새하얀 은전 스물닷 냥兩을 상으로 받아 꿀꺽 삼켰으니 말이야."

샤오촨이 느릿느릿 골방에서 나왔다. 두 손으로 가슴을 누르며 연신 기침을 해댔다. 그러고는 아궁이로 가서 식은 밥 한 그릇을 수북이 담아 더운 물을 붓더니 우걱거리며 먹기 시작했다. 화씨네 큰댁이 뒷발치에서 조용히 물었다. "샤오촨, 좀 어떠냐? 아직도 배만 고픈 거야?……"

"틀림없어, 틀림없는 거라니까!" 사내는 샤오촨을 힐끗 쳐다보고는 다시 고개를 돌려 계속 지껄여 댔다. 샤씨 집안 셋째 놈 말이지, 정말 영리해. 만약 그놈이 먼저 고발을 안 했어 봐. 그럼 일족이 멸문을 당했을걸. 지금은 어떠냐고? 은전을 쥐었잖아! 그 젊은 놈도 정말이지 독종이두만! 감옥에서도 간수들에게 들고일어나라고 충동질을 했다니 말야."

"햐아, 그놈 그거 말종이네." 뒷줄에 앉아 있던 스무 남짓한 총각이 씩씩거렸다.

"알고들이나 있으셔. 토끼눈깔 아이가 내막을 조사하러 갔더니, 그놈이 도리어 수작을 부리더라는 거야. 그놈이 글쎄 이 대청大淸제국 천하가 우리 모두 거라 했다는 거야. 생각해 보게. 이게 어디 사람이 할 소리냐고. 토끼눈깔도 그놈 집에 늙은 어미밖에 없다는 건 알고 있었지만 그렇게 찢어지게 가난할 줄은 생각도 못 했다는 거야. 쥐어짜도 기름 한 방울이 안 나오니 울화가 나서 뱃가죽이 터질 지경이었거든. 그런데 놈이 호랑이 머리를 긁어 놓은 게지. 그냥 귀싸대기 두 대를 앵겨 버린 거야!"

"토끼눈깔 성님 주먹, 그거 말도 못하게 센데, 두 대면 작살이 났겠구만." 구석에 있던 곱사등이가 돌연 신바람을 냈다.

"그런데 그 개뼉다귀가 맞아도 겁을 먹긴커녕 글쎄 이랬다는 거야. 불쌍타 불쌍한지고."

흰 수염이 끼어들었다.

"그런 놈을 때린 게 뭐가 불쌍하다는 거야?"

사내는 같잖다는 표정으로 냉소를 흘렸다.

"자넨 내 말귀를 못 알아듣나 본데, 그놈 표정이 도리어 토끼눈깔을 불쌍히 여기는 투였다니까!"

듣고 있던 사람들의 눈초리가 별안간 희뭉둑해지더니 이야기도 뚝 끊기고 말았다. 샤오촨은 벌써 밥을 다 먹은 상태였다. 전신에 땀이 줄줄 했고 머리엔 김이 모락모락 피어나고 있었다.

"토끼눈깔이 불쌍타고? 미쳤지. 정말 돌아 버렸구만." 흰 수염이 큰 깨달음을 얻은 듯 떠벌렸다.

"그래, 미친 거야." 스무 남짓한 총각도 대오각성의 일갈을 내질렀다.

가게 손님들은 다시 활기를 띠며 담소를 나누기 시작했다. 샤오솬의 절망적인 기침소리도 시끌벅적함에 뒤섞였다. 사내가 앞으로 다가와 그의 어깨를 두드렸다.

"틀림없는 거야! 샤오솬, 그리 기침을 하면 못쓴다. 틀림없이 낫느니라!"

"돌아 버렸어." 곱사등이가 고개를 끄덕이며 주절거렸다.

4.

서문 밖 성벽에 잇닿아 있는 땅은 본시 관아 소유지였다. 가운데 굽이진 오솔길은 지름길을 꿈꾸는 자들의 신발 밑창이 만들어 낸 것이지만 자연스레 경계선이 되었다. 길 왼편엔 사형수나 옥살이로 죽은 자들이 묻혀 있고, 오른쪽은 빈민들의 공동묘지였다. 양쪽 모두에 층층겹겹 들어선 무덤은 흡사 부잣집 회갑 잔칫상에 얹힌 찐빵을 방불케 했다.

이 해 청명절은 추위가 유난했다. 버드나무는 겨우 쌀 반 톨 정도의 새싹을 토해 냈을 뿐이었다. 동이 튼 지 얼마 되지도 않았건만, 화씨댁은 오른편 새로 입힌 봉분 앞에 앉아 접시 넷에 밥 한 그릇을 늘어놓고 한바탕 곡을 끝낸 뒤였다. 지전紙錢을 태우고 멍하니 땅바닥에 퍼질러 있는 것이 마치 무언가를 기다리는 듯했다. 하지만 그 자신도 무얼 기다리는지 알 수 없었다. 미풍이 불어와 그의 짧은 머리칼을 흩날렸다. 분명 작년보다 백발이 훨씬 늘어나 있었다.

오솔길로 또 한 여인이 오고 있었다. 반백의 머리에 남루한 옷을 걸친 여인이었다. 붉은 옻칠이 다 벗겨진 둥근 광주리 밖으로 한 꾸러미 지전을 늘어뜨린 채 힘겨운 발걸음을 터벅터벅 옮기고 있었다. 문득 여인은 저쪽에서 화씨댁이 자기를 쳐다보고 있는 걸 보고 걸음을 멈칫거렸다. 핏기 없는 얼굴엔 난처한 기색이 역력했다. 그러나 결국 할 수 없다는 듯 왼편 어느 무덤으로 걸어가 광주리를 내려놓았다.

그 무덤과 샤오촨의 무덤은 일자로 늘어서 있었다. 그 가운데로 오솔길 하나가 가로놓여 있을 뿐이었다. 화씨댁은 여인이 접시 넷에 밥 한 그릇을 늘어놓고 한바탕 통곡을 한 뒤 지전을 사르는 걸 보면서 속으로 생각했다. '저 무덤 안에도 아들이 누워 있구나.' 그런데 늙은 여인이 주변을 빙 둘러보더니 별안간 수족을 떨면서 비틀비틀 몇 걸음을 물러서는 것이 아닌가. 휘둥그런 눈은 이미 넋이 나가 있었다.

이 모습을 본 화씨댁은 너무 상심해서 그녀가 미쳐 버린 줄 알았다. 보다 못해 일어나 오솔길을 건너가 나직이 말을 걸었다. "이봐요, 아주머니, 상심하지 마세요. 우리 갑시다. 돌아가는 게 좋겠어요."

여인은 고개를 끄떡였지만 휘둥그런 눈은 여전히 허공을 향해 있었다. 그러고는 나지막한 목소리로 더듬거리는 거였다. "저기, 저기 좀 봐요. 저게 뭐죠?"

화씨댁의 눈이 그녀의 손가락 끝을 좇아 바로 앞 무덤에 이르렀다. 풀뿌리조차 자리를 잡지 못해 누런 흙이 듬성거리는 것이 보기가 사나울 정도였다. 다시 위쪽을 살피던 그녀는 화들짝 기겁을 했다. 붉고 흰 꽃들이 묏등 꼭대기를 에워싸고 있는 게 아닌가. 분명히 그랬다.

둘 다 노안이 온 지 몇 해가 되었지만 그 꽃을 분간 못 할 정도는 아니었다. 많진 않지만 둥그런 원을 그리고 있었고 썩 생기가 있진 않았지만 그래도 가지런했다. 화씨댁은 얼른 자기 아들 무덤과 다른 무덤들을 둘러보았다. 거기엔 추위를 무서워 않는 작은 꽃들만 드문드문 창백히 피어 있을 뿐이었다. 불현듯 결핍과 공허가 몰려왔지만 뿌리를 캐고 싶지는 않았다. 늙은 여인은 다시 몇 걸음을 다가가 찬찬히 둘러보면서 중얼거렸다. "뿌리가 없네. 절로 핀 것 같진 않은데. 이런 곳에 누가 왔을꼬? 아이들이 놀러 오진 않을 테고. 일가친척이 발을 끊은 지는 오랜데. 대체 어찌된 일일꼬?" 한참 동안 생각에 잠기던 여인은 울컥 눈물을 쏟으며 부르짖었다.

"위瑜야, 놈들이 너에게 누명을 씌웠으니 분하고 원통해서 잊질 못하는 거지. 그래서 오늘 영험을 부려 에미한테 알리려는 거지?" 사방을 둘러보았지만 까마귀 한 마리가 잎이 다 떨어진 벌거숭이 나무에 서 있을 뿐이었다. 여인의 말이 이어졌다. "알았다. 위야. 널 죽인 놈들이 불쌍한 게구나. 머잖아 천벌을 받고야 말 게다. 하늘이 다 알고말고. 그러니 이제 눈을 감으면 돼. 네가 정말 여기 있어서 에미 말을 알아들었다면 저 까마귀를 네 무덤 위로 날아오게 해서 에미한테 보여주렴."

산들거리던 바람이 멎은 지는 이미 오래였다. 마른 풀들이 꼿꼿이 서 있는 것이 마치 철사 같았다. 한 줄기 떨림이 공기 속에서 가늘어지다 마침내 사라졌다. 주위는 온통 죽음 같은 정적이었다. 두 사람은 마른 풀숲에 서서 까마귀를 올려다보았다. 까마귀도 쭉 뻗은 가지 사이로 고개를 움츠리며 무쇠처럼 서 있었다.

얼마나 시간이 흘렀을까. 무덤을 찾는 사람들이 점점 늘어났다. 노인과 아이 몇이 묏등 사이로 나타났다 사라졌다.

화씨댁은 왠지 모르게 묵직한 짐을 내려 버린 것 같았다. 자리를 뜨려는 듯 다시 말을 건넸다. "우리 돌아가는 게 좋겠어요."

늙은 여인은 한숨을 내쉬고는 맥이 다 풀린 듯 주섬주섬 음식을 챙기기 시작했다. 일순 망설임이 일었다. 마침내 여인은 혼잣말로 중얼거리면서 천천히 발걸음을 옮겼다. "대체 어찌된 일일꼬?……"

이삼십 보나 걸음을 떼었을까. 홀연 등 뒤로 "까악—" 하는 소리가 공기를 갈랐다. 두 사람은 흠칫 고개를 돌렸다. 아까 그 까마귀가 두 날개를 펴고 몸을 웅크리더니 화살처럼 먼 하늘을 향해 솟구쳐 날아가는 것이었다.

1919년 4월

주)_____

1) 원제는 「藥」, 1919년 5월 『신청년』 제6권 제5호에 발표했다. 여기에 등장하는 샤위(夏瑜)는 청말의 여성혁명가 추근(秋瑾)을 암시한다. 서석린이 살해된 뒤 추근 역시 1907년 7월 15일 청나라 정부에 의해 살해되었다. 그가 혁명을 일으킨 장소는 사오싱 성내 '쉬안팅커우'(軒亭口)였다. 거기엔 패루(牌樓)가 서 있는데, 그 현판에 '구쉬안팅커우'(古軒亭口)라는 글자가 쓰여 있다.

내일[1]

"아무 기척이 없네. 어린 것이 어찌 되었나?"

딸기코 라오궁老拱은 황주 한 사발을 손에 들고 걱정스러운 듯 칸막이벽을 향해 턱짓을 해보였다. 파란돌이 아우阿五는 술 사발을 내려놓고 등짝을 한 대 갈긴 뒤 더듬더듬 소리를 질렀다.

"이……이, 이 친구 또 마음 쓰고 있구만……."

원래 루전魯鎭은 외진 고장이라 옛 풍습이 제법 남아 있었다. 초경初更도 안 돼 문을 걸고 잠자리에 드는 것도 그중 하나였다. 한밤중이 되도록 잠을 못 이루는 곳은 두 집뿐이었다. 그중 하나는 셴헝咸亨주점으로 술꾼들이 술탁을 에워싸고 한참 신나게 먹고 마시느라 그런 것이었다. 또 다른 하나가 바로 벽 하나 건너 산單씨네 넷째 며느리 집이었다. 재작년부터 과부가 된 그녀는 제 손으로 물레질을 해서 자신과 세 살배기 아들을 먹여 살리지 않으면 안 되었다. 그래서 잠자리에 드는 시간도 늦어진 거였다.

그러고 보니 요 며칠 동안 물레소리가 없긴 했다. 그렇다 한들 기왕 야밤에 잠 못 드는 집이 둘 뿐인 바에야, 산씨네 넷째댁에서 소리가 난다면 물론 라오궁 패한테만 들릴 터였고 소리가 안 난다 해도 라오궁 패나 들을 수 있을 터였다.

라오궁은 한 대 얻어맞더니 기분이 상쾌해진 듯 잔을 죽 들이켜고는 흥얼흥얼 노래를 부르기 시작했다.

이때 산씨댁은 아들을 안은 채 침상에 걸터앉아 있었다. 물레는 고즈넉이 바닥에 세워진 채였다. 침침한 등불이 아기 얼굴을 비추자 새빨간 살갗에 푸른 기운이 드러났다. 그녀는 속으로 별별 것들을 다 짚어 보았다. 점괘도 뽑아 봤어, 발원도 해봤지, 처방약도 먹여 봤단 말이야, 그랬는데도 효험을 못 본다면, 어떡하면 좋지? 이제 허샤오셴何小仙에게 진맥을 청하는 길밖에 없는데…… 혹시 몰라, 낮엔 괜찮다가 밤에 심해지는 걸 보니 어쩌면 내일 해가 뜨면 열도 내리고 천식도 잦아들지…… 병자들한테 흔히 있는 일이잖아.

산씨댁은 미욱한 여인인지라 '혹시'라는 이 말의 무서움을 알지 못했다. 나쁜 일들이 이것 때문에 좋게 변하기도 하겠지만, 좋은 일들이 이로 인해 망쳐지는 경우가 허다한데도 말이다. 여름밤은 짧았다. 라오궁 패거리의 노래가 끝나고 얼마 되지도 않아 동녘이 훤해졌다. 조금 뒤 은빛 서광이 창틈을 뚫고 들었다.

여명을 기다리는 그녀의 심정은 여느 누구처럼 그리 평온하지 못했다. 시간은 너무나 더디게 갔다. 아기의 숨소리 한 번이 거의 일

년에 맞먹었다. 이제 날이 밝았다. 여명이 등불을 압도하고 만 것이다. 갑자기 그녀의 시선이 아기 얼굴을 향했다. 벌써부터 아이는 콧구멍을 벌름거리고 있었다.

산씨댁은 뭔가 심상치 않다는 걸 느끼고는 속으로 '아이구야!' 하고 소리를 지르며 이런저런 궁리에 여념이 없었다. 어떡하면 좋지? 허샤오셴에게 진맥을 봐 달라는 길밖에 없어. 어리숙하긴 했지만 그녀의 결단력은 매서웠다. 벌떡 일어나 나무궤짝에 모아둔 은화 열셋과 동전 백팔십 원을 꺼내 주머니에 넣고는 문을 잠근 뒤 아기를 안고 곧장 허씨 집으로 내달렸다.

이른 시간인데도 허씨 집엔 벌써 병자 넷이 앉아 있었다. 그녀는 은화 사십 전을 내고 번호표를 샀다. 다섯번째로 아기 차례가 왔다. 허샤오셴은 두 손가락을 뻗어 맥을 짚었다. 손톱이 족히 네 치는 되어 보였다. 내심 뭔가 꺼림칙했지만 마음을 질끈 동여맸다. 우리 귀염둥이 틀림없이 살아날 거야. 하지만 조급해서 미칠 지경인지라 끝내 쭈뼛거리며 입을 열었다.

"선생님, 우리 애기가 무슨 병인가요?"

"중초中焦가 꽉 막혔어."

"괜찮을까요? 이 아인……."

"일단 두 첩 먹여 봐."

"자꾸 쌕쌕거리고 콧구멍을 벌름거려요."

"화火가 금金을 억누르고 있는 것이……."

허샤오셴은 말을 하다 말고 지그시 눈을 감았다. 그녀도 더 이상 묻기가 민망해졌다. 이때 허샤오셴 맞은편에 앉은 서른 남짓한 사내가 벌써 약방문을 다 썼는지 귀퉁이 몇 개 글자를 가리키며 단단히 일러두고 있었다.

"이 첫번째 보영활명환保嬰活命丸은 자賈씨댁 제세濟世약방에나 가야 구할 수 있어!"

산씨댁은 약방문을 받고는 걸으면서 생각에 잠겼다. 비록 우매하다고는 하나 허씨 집과 제세약방과 자기 집이 정확히 삼각형이니 약을 사서 돌아가면 편리하겠다는 것쯤은 알고 있었다. 그래서 다시 득달같이 제세약방을 향해 달음질쳤다. 점원 역시 긴 손톱을 세우고 느긋이 약방문을 보더니 꾸물꾸물 약봉지를 썼다. 그녀는 아이를 안고 기다렸다. 그런데 아이가 별안간 고사리 손으로 헝클어진 그녀의 머리칼을 왈칵 잡아당겼다. 전에 없던 짓이었다. 가슴이 덜컥했다.

해가 뜬 지는 이미 오래였다. 아이를 안고 약봉지를 들고 걷는 발걸음은 갈수록 천근이었다. 아이가 끊임없이 보채는 바람에 길도 갈수록 천 리처럼 느껴졌다. 하는 수 없이 길가 어느 집 문지방에 걸터앉아 잠시 숨을 돌리기로 했다. 옷이 점점 차갑게 들러붙었다. 그러고 보니 온몸이 땀투성이였다. 그래도 아기는 잠들어 있는 듯했다. 다시 일어나 천천히 발걸음을 옮겼지만 좀처럼 감당하기가 어려웠다. 그때 갑자기 귓가에 사람소리가 들려왔다.

"산씨댁, 내가 대신 안아 줄까!" 파란돌이 아우阿五 같았다.

고개를 들어 보니 아우가 졸리는 표정으로 자기를 따라오고 있었다.

그녀 입장에서야 하늘에서 장수라도 강림해 팔 하나라도 덜어 주었으면 하는 마음이 간절했지만 아우라면 사양하고 싶었다. 하지만 아우는 제법 의협심이 있어서 어떻게 해서든 도와주겠노라 우겼다. 잠시 사양하다가 결국 허락하고 말았다. 그는 팔을 그녀 젖가슴과 아이 사이로 쑥 집어넣더니 아이를 안아 들었다. 일순 젖가슴이 화끈거리면서 얼굴과 귓불까지 뜨거워졌다.

두 사람은 두 자 반쯤 떨어진 채 길을 걸었다. 아우가 제법 많은 말을 걸었지만 태반은 묵묵부답이었다. 얼마 못 가서 아우가 아이를 돌려주며 어제 친구와 저녁을 먹기로 약속한 시간이 다 되었노라고 했다. 그녀가 아이를 건네받았다. 다행히 이제 집은 멀지 않았다. 저만치 앞집 사는 왕王씨네 아홉째댁 할멈이 길가에 앉아 있는 것이 보였다. 멀리서 그녀가 말을 걸어 왔다.

"동생, 애기는 어때? 의원에게 보여 봤어?"

"보이긴 했는데. 아주머니, 아주머닌 연세도 있고 본 것도 많으시니 아주머니 눈으로 한번 봐 주세요. 어떤지……"

"음……."

"어때요……?"

"음……." 왕씨댁 할멈은 진중히 살펴보더니 머리를 두 번 끄덕이다 다시 두번을 저었다.

아이가 약을 먹고 나니 이미 정오가 지난 뒤였다. 산씨댁은 유심히 아기의 용태를 살폈다. 제법 가라앉은 듯했다. 오후가 되자 갑자기 눈을 뜨더니 "엄마!" 하고 부른 뒤 다시 눈을 감았다. 잠이 든 것 같았다. 얼마나 잤을까. 아기의 이마와 코끝으로 구슬 같은 땀방울이 송골 송골 배어 나왔다. 살짝 문질러 보니 아교처럼 끈적거렸다. 황급히 아기의 가슴을 문지르던 그녀는 끝내 울음을 터뜨렸다.

아기의 호흡이 잔잔하더니 갑자기 멈췄다. 울음이 이내 오열에서 통곡으로 변했다. 집엔 벌써 사람들로 가득했다. 문안엔 왕씨댁 할멈과 파란돌이 아우 등등이, 그리고 문밖으론 셴헝주점 주인장과 딸기코 라오궁 등등이 모여 있었다. 왕씨댁 할멈은 지전 한 꾸러미를 불사르라고 일렀다. 그리고 그녀 대신 걸상 두 개와 옷 다섯 벌을 저당 잡혀 은화 이 원으로 일 돕는 사람들에게 밥을 대접하도록 일렀다.

첫번째 문제는 관이었다. 산씨댁은 은 귀고리 하나와 도금한 은비녀 하나를 셴헝주점 주인장에게 주면서 보증을 서서 현금 반 외상 반으로 관을 사오도록 부탁했다. 파란돌이 아우도 자진하고 나섰다. 그러나 왕씨댁은 안 된다며 그러러 내일 관이나 메라고 일렀다. 아우는 "저 할망구가" 하고 투덜대면서 입을 삐죽이고 서 있었다. 그리하여 셴헝주인장이 직접 가게 되었다. 저녁에서야 돌아온 그는 지금 관을 짜고 있으니 자정이나 넘어야 될 거라고 했다.

주인장이 돌아왔을 때 일을 돕던 사람들은 이미 요기를 마친 상태였다. 루전엔 아직도 옛 풍습이 남아 있어 초경도 안 되어 잠을 자기 때문이었다. 아우만이 셴헝주점 술탁에 기댄 채 술을 마시고 있었고, 라오궁도 흥얼흥얼 노래를 부르고 있었다.

그녀는 침상에 걸터앉아 울고 있었다. 아기는 침상에 누워 있었고 물레는 고즈넉이 바닥에 세워져 있었다. 얼마나 지났을까, 그녀의 눈물이 멈췄다. 눈을 크게 뜨고 주변을 둘러보니 낯설기 짝이 없었다. 모든 것이 있을 수 없는 일 같았다. 그녀는 속으로 따져 보았다. 그저 꿈에 불과해. 이 모든 게 다 꿈일 거야. 내일 깨어나면 나는 침상 위에서 쿨쿨 자고 있고 아기도 내 곁에서 색색 자고 있을 거야. 깨어나선 '엄마' 하며 천방지축 뛰어 놀 거야.

라오궁의 노랫소리는 벌써 그쳤고 셴헝주점에도 등이 꺼졌다. 그녀는 눈을 뜬 채였다. 도무지 이 모든 걸 믿을 수 없다는 표정이었다. 닭이 홰를 쳤다. 동녘이 점점 환해지면서 은빛 서광이 창틈을 뚫고 들어왔다.

은빛 서광이 점점 붉은 빛을 드러냈다. 이어서 햇살이 지붕을 비추었다. 그녀는 눈을 뜬 채 멍하니 앉아 있었다. 문 두드리는 소리에 흠칫 놀라 득달같이 문을 열었다. 문밖엔 낯선 사내가 뭔가를 지고 있었고 그 뒤론 왕씨댁 할멈이 서 있었다.

그래, 그랬었지. 관이 도착한 것이었다.

오후가 되어서야 관 뚜껑이 닫혔다. 산씨댁이 한바탕 곡을 했다가 또 보았다가 하면서 한사코 관 뚜껑을 닫지 않으려 했기 때문이다. 왕씨댁 할멈이 언제까지 기다릴 거냐며 열을 내며 달려가 그녀를 떼어 놓은 덕택에 부랴부랴 뚜껑을 덮을 수 있었다.

아기에 대한 그녀의 정성은 지극했다. 어제는 지전 한 꾸러미를 태웠고, 오전엔 마흔아홉 권의 『대비주』大悲呪를 태웠다. 염을 할 때는 빳빳한 새 옷을 입히는가 하면 평소 좋아하던 장난감——흙 인형 하나, 나무주발 두 개, 유리병 두 개 ─ 을 베개 밑에 놓아 주었다. 뒤에 왕씨댁 할멈이 손가락을 꼽아 가며 하나하나 챙겨 봐도 무엇 하나 빠트린 것이 없었다.

이날 파란돌이 아우의 모습이 하루 종일 보이지 않았다. 셴헝주점 주인장이 나서서 인부 둘을 이백 푼에 십 푼을 더 얹어 사서 공동 묘지에 가 안장하도록 했다. 왕씨댁 할멈은 또 밥을 지어 일을 거든 사람들 모두를 먹였다. 해가 점점 낙조의 기미를 보이자 요기를 마친 사람들도 어느새 집으로 돌아갈 태세였다. 이내 모두들 돌아가고 말았다.

산씨댁은 심한 현기증이 났다. 좀 쉬고 났더니 그럭저럭 마음이 가라앉았다. 하지만 곧이어 이상한 느낌이 몰려왔다. 평생 부닥친 적이 없는 일을 당했는가 하면 있을 것 같지 않던 일이 멀쩡히 일어난 것이다. 생각할수록 기이했다. 또 한 가지 이상한 일은 이 방이 갑자기 너무 고요해진 것이었다.

그녀는 몸을 일으켜 등불을 켰다. 방은 드러날수록 더 고요했다. 어질거리는 몸으로 걸어가 문을 잠그고 침상에 걸터앉았다. 물레는 고즈넉이 바닥에 세워져 있었다. 정신을 가다듬고 사방을 둘러보니 어찌해야 할지 난감했다. 방은 너무 고요했고 너무 컸을 뿐 아니라 물건도 너무 휑했다. 커다란 방이 사방으로 그를 에워싸고 휑뎅그렁한 물건들이 사방으로 죄어 와 숨조차 쉬기 어려웠다.

그는 그제서야 아기가 죽었다는 사실을 알았다. 그래서 더 이상 방을 보고 싶지 않아 등을 끄고 누웠다. 울면서 그녀는 생각했다. 그

시절 한참 실을 잣고 있노라면 아기는 옆에 앉아 회향두茴香豆를 먹으면서 새까만 눈망울을 굴리며 뭔가를 골똘히 생각하고 있었다. "엄마! 아빠 훈둔餛飩 장사하지? 나도 크면 훈둔 장사 할 거야. 많이 팔아서 돈 많이 벌어야지. 그래서 엄마 줄 거야." 그 시절엔 정말 자아 낸 실조차 한 올 한 올 의미가 있었고 한 치 한 치 살아 있는 것 같았다. 그런데 지금은 어떤가? 아무 생각이 들지 않았다. 전에도 말했듯이 그녀는 미욱한 여인이다. 그가 무얼 생각해 낼 수 있겠는가? 방이 너무 고요하고 너무 크고 너무 휑하다는 것밖에.

그녀가 아둔하다 해도 이런 것쯤은 안다. 혼을 되돌리기는 불가능하다는 것, 이제 더 이상 아들을 볼 수 없다는 것 말이다. 한숨을 쉬며 그녀는 중얼거렸다. "아가야. 아직도 여기 있는 거지. 내 꿈에 나타나 주렴." 그러고는 눈을 감았다. 어서 잠들어 아이를 만나고 싶었던 것이다. 고통스런 숨소리가 고요하고 광활하고 텅 빈 어딘가를 통과하고 있었다. 그녀는 똑똑히 이 소리를 듣고 있었다.

산씨댁이 몽롱하니 꿈나라로 빠져 들어가자 온 방은 정적이었다. 이때 딸기코 라오궁의 노래도 이미 끝났다. 그는 비틀거리며 셴헝주점을 나오더니 또 목청을 높여 노래를 부르기 시작했다.

"원수 같은 임아!…… 가련타…… 사무치는 고독에……."

파란돌이 아우가 라오궁과 한데 엉겨 드잡이를 하다가 낄낄거리며 비틀비틀 사라졌다.

산씨댁은 깊은 잠이 들었다. 라오궁 패거리가 가 버리자 셴헝주점도 문을 닫았다. 루전은 이제 완전히 정적에 빠졌다. 오직 어두운 밤

만이 내일의 약속을 품은 채 정적 속을 내달리고 있었다. 몇 마리 개가
어둠의 대지에 숨어 컹컹 짖어 댈 뿐이었다.

1920년 6월

1) 원제는 「明天」, 1919년 10월 베이징 『신조』(新潮) 월간 제2권 제1호에 발표했다.

작은 사건[1]

고향을 떠나 경성 베이징으로 온 지가 어언 6년이다. 그간 귀로 듣고 눈으로 목도한 국가 대사가 적지 않건만, 따져 보니 내 맘속에 남아 있는 건 아무것도 없다. 그 일들이 내게 미친 영향을 굳이 찾자면 내 성깔을 더 사납게 만든 일 외엔 없다. 솔직히 말하자면 남을 무시하는 태도가 나날이 더해 갔던 것이다.

하지만 자그만 사건 하나는 의미가 적지 않았다. 그 사건이 나를 나쁜 성벽에서 끌어내 주었던 것이다. 그래서 지금까지 잊지 못하는 것이다.

민국民國 6년 겨울, 북풍이 한창 용맹을 떨치던 날이었다. 나는 생계 때문에 일찌감치 거리로 나서지 않으면 안 되었다. 거리엔 거의 인적을 찾아볼 수 없었다. 간신히 인력거 한 대를 붙들어 S문으로 가자고 했다. 얼마 뒤 바람이 잦아들자 먼지가 씻겨 나간 거리로 깔끔한 대로大路 하나가 드러났다. 인력거꾼의 발걸음도 한층 경쾌해졌다. S문에 거의 도착할 무렵, 갑자기 누군가가 인력거 채에 걸려 비틀거리더니 쓰러지고 말았다.

쓰러진 이는 어떤 여인으로 희끗한 머리에 몹시 남루한 옷차림이었다. 인력거 앞을 불쑥 가로질러 대로를 건너려던 모양이었다. 인력거꾼이 길을 비키긴 했지만, 단추가 안 채워진 낡은 저고리가 바람에 펄럭이면서 인력거 채에 걸리고 말았던 것이다. 인력거꾼이 급정거를 했기에 망정이지 그렇지 않았더라면 곤두박질쳐 머리에 피를 봤을지도 모를 일이었다.

그녀가 엎어지자 인력거꾼도 발걸음을 멈췄다. 내 딴엔 상처가 대수롭지 않고 본 사람도 없는데 괜히 일을 번거롭게 만든다고 여겼다. 시비가 인다면 내 일정을 그르칠 게 불을 보듯 뻔했다.

그래서 그에게 일렀다. "별일 아니니 어서 가세."

인력거꾼은 조금도 아랑곳 않고 — 어쩌면 못 들었는지도 — 채를 내려놓은 뒤 팔을 부축하며 천천히 노파를 일으켜 세웠다.

"괜찮으신지?"

"나자빠졌잖여!"

나는 생각했다. 비실거리다 넘어지는 걸 이 눈으로 똑똑히 봤는데 어떻게 나자빠질 수가 있단 말이지? 허풍 하고는. 정말 가증스럽구만. 인력거꾼도 그렇지. 쓸데없이 일을 만들어 스스로 욕을 보겠다는 거야 뭐야. 이제 자네가 알아서 해.

노파의 대답에 인력거꾼은 주저 않고 팔을 부축한 채 한 걸음 한 걸음 앞으로 향했다. 좀 의아한 생각이 들어 얼른 앞쪽을 보았더니 주재소 하나가 있었다. 큰 바람이 지나간 뒤라 바깥엔 아무도 없었다. 노파를 부축해서 가고 있는 곳이 바로 그 주재소였던 것이다.

이때 돌연 이상한 느낌이 들었다. 온몸에 먼지를 뒤집어 쓴 그의 뒷모습이 순식간에 거대하게 변하는 것이 아닌가. 뿐만 아니라 갈수록 점점 커져 우러러봐야 볼 수 있을 정도였다. 게다가 나에 대해서도 점점 위압적인 존재로 변해 가죽 두루마기 안에 감추어진 내 '소아'小我를 쥐어짜고 있는 것이 아닌가.

내 삶의 활력이 이 순간 엉겨 붙어 꼼짝을 할 수가 없었다. 그럴 엄두가 나지 않기도 했다. 주재소에서 순경 하나가 나오는 걸 보고서야 겨우 인력거에서 내릴 정도였으니 말이다.

순경이 다가와 내게 말했다. "다른 인력거를 잡으슈. 저 친구 선생 태우긴 글렀수다."

나는 깊이 생각해 볼 겨를도 없이 외투에서 동전 한 줌을 꺼내 순경에게 건넸다. "이걸 좀 그 사람한테……."

바람은 완전히 멎었고 길은 여전히 정적이었다. 걸으면서 나는 생각했다. 나 자신을 돌이켜 보게 되면 어떡하지? 아까 일은 잠시 접어 둔다 해도 한 줌 동전은 또 무슨 의미였을까? 그를 치하하려고? 내가 그를 심판할 수 있을까? 나는 나에게 답을 할 수가 없었다.

이 일은 지금도 종종 기억이 난다. 그래서 종종 고통을 참으며 나 자신을 돌이켜 보려고 노력한다. 지난 몇 년 동안의 문치文治와 무력武力은 한 구절도 머리에 남아 있지 않다. 어릴 적 읽은 '공자 왈', 『시경』詩經에 이르기를'처럼 말이다. 그런데 유독 이 자그마한 사건이 자꾸만 눈앞에 어른거리면서 더욱 또렷해지곤 한다. 나를 부끄럽게 하고, 나의 쇄신을 촉구하고, 내 용기와 희망을 북돋아 주면서.

1920년 7월

주)_____

1) 원제는 「一件小事」, 1919년 12월 1일 베이징 『천바오』 발간기념 증간호에 발표했다.

두발 이야기[1]

일요일 아침, 나는 전날 달력을 뜯어내고 다음 장을 뚫어지게 바라보며 중얼거렸다.

"허, 시월 십일이라, 그러고 보니 오늘이 쌍십절[2]이네. 그런데 아무 표시도 없잖아!"

내 선배 격인 N이 마침 우리 집에 놀러왔다가 내 말을 듣고는 이렇게 쏘아붙였다.

"저들이 옳은 거야! 저들이 기억 못한들 자네가 어쩔 거야? 자네가 기억한들 또 어쩔 거냐고?"

N은 좀 괴팍한 구석이 있어서 툭하면 별것도 아닌 일에 화를 내거나 세상사와 무관한 흰소리를 늘어놓곤 했다. 그러면 대개 나는 그냥 내버려 둔 채 끼어들지 않았다. 그러다 혼자 할 말을 다 하고 나면 그걸로 끝이었던 것이다.

그가 말문을 열었다.

"난 말야, 베이징의 쌍십절 풍경이 가장 인상에 남아. 아침에 순경이 문에 대고 '국기를 걸라!' 분부를 하면 '네이, 국기를 걸라신다!' 하며 집집이 하나씩 국민國民들이 어슬렁거리고 나와 알록달록한 광목천을 꽂는 거야. 그대로 됐다가 밤이 되어서야 기를 걷고 문을 닫지. 더러 깜박해서 다음 날 오전까지 걸어 두는 집들도 있어.

그들은 기념을 깜박한 거지. 기념 쪽에서도 그들을 깜박한 거고!

나도 기념을 깜박한 사람 중 하나야. 기념이라도 해볼라치면 첫 쌍십절 전후의 일들이 떠올라 견딜 수가 있어야지.

여러 고인들의 얼굴이 눈앞을 어른거려. 고생고생 십 몇 년을 분주히 뛰어다니다가 어둠 속 탄환 한 발에 목숨을 빼앗긴 아이들少年, 총알 대신 감옥에서 한 달 여를 모진 고문에 시달린 아이들, 원대한 뜻을 품었지만 홀연 종적이 묘연해 시신조차 찾지도 못하는 아이들······.

그들은 하나같이 사회의 냉소와 매도, 박해와 함정 속에서 일생을 보냈네. 이젠 그들의 무덤도 벌써 망각 속에서 점점 무너져 가고 있어.

그러니 당최 기념할 수가 있어야지.

우리 좀 기분 좋은 일이나 추억해 보는 게 어때."

N은 갑자기 웃는 얼굴이 되어 머리를 슥 쓰다듬더니 다시 목청을 높였다.

"내가 제일 맘에 든 건 말야, 첫 쌍십절 이후 거리를 나다녀도 조롱을 당하거나 욕을 안 먹어도 되었다는 거야.

이봐, 자넨 알고 있겠지. 머리털이 우리 중국인의 보배이자 원수라는 걸 말야. 예부터 지금까지 얼마나 많은 사람들이 이것 땜에 의미 없는 고통을 맛봐야 했는지 말이야.

아득한 우리네 조상들은 머리털을 대수롭지 않게 여겼나 봐. 형벌로 보자면, 가장 중요한 건 물론 머리니까 참수斬首가 최고의 형이 었지. 그다음이 생식기니까, 궁형宮刑이나 유폐幽閉도 까무러칠 만한 벌이었지. 머리털을 자르는 곤髡 정도는 형벌 축에도 못 끼는 거야. 헌데 얼마나 많은 사람들이 이 까까머리 때문에 한 평생을 사회로부터 짓밟혀야 했냐고.

우리가 혁명을 이야기할 때면 으레 '양주揚州의 열흘 참사'니 '가정嘉定 연간의 도륙'을 떠벌이는데, 알고 보면 그 역시 수단에 불과한 거거든.[3] 솔직히 말해 보자고. 그때 중국인의 반항이 어디 나라가 망해 그런 거냐고. 변발을 하라니 그랬지.

고집 부리는 백성은 깡그리 죽여 버렸지, 나리마님遺老들은 천수를 다 했지, 변발은 벌써부터 늘이고 있었지, 그런데 또 홍양洪楊이 난리를 일으킨 거야. 할머니가 들려준 이야긴데, 그때 애꿎은 백성들만 겁난을 당했다는군. 온 머리통이 머리털이면 관병에게 살해되고, 변발을 하고 있으면 장발적에게 살해되었으니 말이야![4]

얼마나 많은 중국인이 이 하찮은 머리털 때문에 고통을 당하고 고초를 겪고 목숨을 잃었는지 알 수가 없다니까."

N은 천정의 들보를 멀뚱히 바라보며 무언가 생각에 잠긴 듯했다. 그러더니 다시 말을 이었다.

"이 머리털 때문에 나까지 고초를 당할 줄 누가 알았겠나.

유학을 가서 나는 바로 변발을 잘라 버렸어. 무슨 심오한 생각이 있어서가 아니라 그냥 너무 불편해서 그랬거든. 근데 이게 웬일이야, 변발을 머리 꼭대기에 둘둘 말고 다니는 친구들이 나를 혐오하지 않나, 감독관도 노발대발 장학금 중단에 본국 송환 운운하며 으름장을 놓질 않나 말일세.

그런데 며칠이 되지도 않아 이 감독관이 변발을 잘린 채 줄행랑을 치고 만 거야. 그걸 잘라 버린 사람 중 하나가 바로 『혁명군』을 쓴 쩌우룽鄒容이었어. 그는 이 때문에 더 이상 유학이 불가능해 상하이로 돌아왔다가 그 뒤 감옥에서 죽었어. 자네도 벌써 잊어버렸지?

몇 해가 지나 우리 집 형편도 예전 같지가 않았어. 일자리를 찾지 않으면 굶을 판이라 할 수 없이 나도 귀국을 했어. 상하이에 도착하자마자 가짜 변발을 하나 샀지. 그때 시가로 이 원이었는데, 그걸 쓰고 집에 간 거야. 어머닌 아무 말씀이 없는데, 주변 사람들은 날 보더니 다짜고짜 변발 분석에 나서는 거야. 결국 가짜인 걸 알고는 흥 하고 비웃으며 내게 참수의 죄명을 들씌우지 뭐야. 친척 하나는 관에 고발을 하려다가 얼마 뒤 그만두더라고. 혁명당의 모반이 성공이라도 해봐, 그게 겁이 난 거지.

이럴 바에야 차라리 가짜보다 진짜가 더 후련하겠다 싶어 아예 가짜 변발을 벗어던지고 양복을 입은 채 거리를 나다녔어.

길을 걸으면, 길 자체가 비아냥에 욕지거리두만. 어떤 자는 뒤쫓아오며 욕을 퍼붓더라고. '시건방진 눔!', '야, 이 가짜 양놈아!' 이러면서 말야.

그래서 난 양복을 접고 장삼을 걸쳤지. 그런데 욕이 더 심해지는 거야.

이 난감한 상황을 불식시켜 준 것이 바로 지팡이야. 그걸로 몇 차례 휘둘러 주었더니 점차 욕이 없어지더라고. 내 활약을 잘 모르는 동네에 가면 여전히 욕지거리긴 했지만 말야.

이 일이 얼마나 슬펐으면 지금도 기억하고 있겠냐구. 유학 시절 신문에서 혼다本多 박사가 남양과 중국을 여행한 이야기를 읽은 적이 있네. 박사는 중국어와 말레이어를 몰라. 그래서 사람들이 물은 거야. 말도 안 통하는데 어찌 다녔냐고. 그랬더니 그는 지팡이를 들면서 이러는 거야. 이게 그들의 언어지 뭐. 다들 알아먹던데! 이 일로 며칠 울화가 치밀었는데, 누가 알았겠나, 나도 모르는 사이 나 역시 그걸 사용할 줄을. 게다가 그들 모두가 알아먹기까지 했으니 말이야…….

선통宣統 원년에 나는 이 지역 어느 중학교에서 학감學監 노릇을 하게 되었어. 동료들은 날 피하느라 급급하지 관료들은 날 경계하느라 오매불망 그저 단속을 해대지, 온종일 얼음 창고 속에 앉았거나 형장 부근에 서 있는 것 같은 거야. 무슨 엄청난 이유가 아니라 고작 변발이 달랑거리지 않는다는 것 때문에 말야!

하루는 학생 몇이 내 방으로 들이닥치더니 이러는 거야. '선생님, 저희 변발 자르려고요.' '안 돼!' 내가 말렸지. '변발이 있는 게 좋을까요 없는 게 좋을까요?' '없는 게 좋긴 한데…….' '그럼 왜 안 된다는 거죠?' '그렇다고 일을 저지를 것까지야. 자르지 않는 게 좋아. 조금만 기다려 보자고.' 그들은 아무 말도 없이 입을 삐죽이며 방을 나가 버리더라구. 하지만 결국 잘라 버리더군.

햐! 그러니 야단이 날 수밖에. 다들 혀를 끌끌 찼지. 나는 짐짓 모른 체하며 일부 까까머리가 변발 틈에 섞여 교실로 들어오도록 내버려 두었지.

그런데 이 단발병이 전염된 거야. 사흘째 되던 날 사범학당 학생 여섯이 돌연 변발을 잘라 버린 거야. 그날 밤 이 여섯은 제적되고 말았지. 그러자 학교에 있을 수도 없고 집에 갈 수도 없게 된 거지. 그러다가 첫 쌍십절이 지나고 달포가 더 지나서야 겨우 범죄의 낙인을 지울 수 있었어.

나 말야? 나도 마찬가지지 뭐. 민국 원년 겨울에 베이징에 와서도 꽤 여러 차례 욕을 먹었지. 그 뒤 날 욕하던 자들도 순경에게 변발을 잘리고 말았어. 그러니 더 이상 욕먹는 일이 없어지더군. 그래도 고향엔 안 갔어."

N은 상당히 기분이 좋은 것 같더니 금세 표정이 무거워졌다.

"지금 자네들 같은 이상주의자는 걸핏하면 여자도 머리를 자르라느니 어쩌니 하면서 소득도 없이 고통만 당하는 사람들을 만들어 내고 있는 게 아닐까!

지금 머리를 자른 여자는 이 때문에 학교에 들어가지도 못하고 제적을 당하지 않는가 말야?

개혁을 하겠다고? 무기는 어디 있지? 일하며 배운다고? 공장은 어디 있냐고?

조용히 지내다 시집가서 며느리 노릇이나 하는 거야. 모든 걸 잊는 게 행복일세. 평등이니 자유니 하는 말들을 그들이 기억하고 있다고 해봐. 평생 고통스럽지 않을까!

아르치바셰프의 말을 빌려 자네들에게 물어보고 싶네. 자네들은 황금시대의 출현을 그들 자손에게 약속하지만 정작 그들 자신에겐 뭘 줄 수 있는가?

아, 조물주의 채찍이 중국의 등짝을 후려치지 않는 한, 중국은 영원히 이 모양 이 꼴일 거야. 스스로 머리털 한 올도 바꾸려 하지 않을 테니 말야!

자네들 말야, 독니도 없으면서 기어이 이마에다 '독사'라고 큼지막이 써 붙일 건 또 뭔가? 거지를 불러들여 죽음을 자초하는 이유가 뭐냐고?……"

N의 이야기는 갈수록 가관이었다. 하지만 내가 듣기 싫어한다는 걸 눈치채고는 즉각 입을 다물었다. 그러더니 일어서서 모자를 집었다.

"가시려고?"

"응. 비가 내릴 것 같군."

나는 묵묵히 대문까지 배웅했다.

그는 모자를 쓰면서 말했다.

"잘 있게! 폐를 끼쳐 미안하이. 내일이 쌍십절이 아니기 망정이지. 몽땅 잊어도 되잖아."

1920년 10월

주)＿＿＿＿

1) 원제는 「頭髮的故事」, 1920년 10월 10일 상하이 『시사신보』가 발간하는 「학등」(學燈) 에 발표했다.

2) 쌍십절(雙十節)은 1911년 10월 10일에 일어난 신해혁명 기념일을 말한다.

3) 명나라 멸망 당시 청나라 군대에 의해 자행된 잔학행위를 말한다. 청말 일본의 유학 생들은 이런 자료들을 찾아 반청(反淸) 정서를 불러일으키는 데 활용했다.

4) 홍수전(洪秀全)과 양수청(楊秀淸)이 일으킨 태평천국의 난을 말한다. 이들이 변발을 하지 않았다고 해서 당시 민간에선 그들을 장발적(長髮賊)이라 불렀다.

야단법석[1]

강에 잇닿은 마당으로 태양이 누런빛을 거둬들이고 있었다. 마당 언저리 강에 드리운 오구목烏桕木 잎들이 이제야 생기를 되찾았고 그 아래 몇 마리 모기가 앵앵대며 춤을 추고 있었다. 강으로 난 굴뚝에선 밥 짓는 연기가 가늘어졌고 여인과 아이들은 앞마당에 물을 뿌리며 탁자며 걸상을 내놓고 있었다. 저녁밥 때가 된 것이다.

노인과 사내들은 나지막한 걸상에 앉아 큼직한 파초 부채를 부치며 한담을 나누고 있었다. 꼬마들은 뛰어다니거나 오구목 아래 쪼그리고 앉아 공기놀이를 하고 있었다. 여인들은 김이 모락거리는 나물 반찬과 노란 쌀밥을 날랐다. 혹여 문인들이 배를 띄우고 술놀이라도 벌이고 있었다면, 어떤 문호의 시흥詩興이 크게 일어 이렇게 읊을지도 모를 일이었다. "근심도 없고 걱정도 없나니, 진실로 이것이 전원의 즐거움이로다!"

그런데 문호의 노래엔 사실과 다른 점이 몇 가지 있었다. 구근九斤

할매의 말을 듣지 못했으니 말이다. 할매는 찢어진 파초 부채로 걸상 다리를 두드리며 길길이 역성을 부리고 있던 중이었다.

"나는 일흔아홉을 살았어. 살 만큼 살았다구. 이렇게 집안 망하는 꼴은 보고 싶지 않아. 차라리 죽는 게 낫지. 금방 밥때가 돼 가는데 볶은 콩이나 처먹고 있으니, 먹어서 집안을 거덜 낼 셈이야!"

증손녀 육근六斤이 한 줌 콩을 쥐고 맞은편에서 달려오다가 기미를 알아채고 곧장 강 쪽으로 내뺐다. 그러더니 오구목 뒤에 숨어 주먹만 한 댕기머리를 삐죽 내밀고는 소리를 내질렀다.

"저 할망구는 뒈지지도 않아!"

구근 할매는 나이답지 않게 아직 귀가 심하게 먹지는 않았다. 그런데도 아이의 말을 듣지 못했는지 여전히 혼자서 주절대고 있었다. "정말이지, 대代가 갈수록 시원찮아진다니까!"

이 마을 관습은 좀 유별난 데가 있었다. 대개 여자가 아이를 낳으면 저울로 무게를 달아 근수를 이름으로 삼았다. 구근 할매는 쉰 살 생일잔치를 하고부터 점점 투덜이로 변해 갔다. 젊었을 땐 날씨가 지금같이 덥지 않았다느니, 콩도 지금같이 딱딱하지 않았다느니, 아무튼 요즘 세상이 틀려먹었다는 말을 입에 달고 다녔다. 게다가 육근이 증조부에 비해 세 근이나 모자라고 제 애비 칠근과 비교해도 한 근이 덜 나가니 이거야말로 확실한 증거라는 거였다. 그리하여 소리에 다시 힘이 실렸다. "정말이지, 대가 갈수록 시원찮아진다니까!"

며느리 칠근댁이 밥 광주리를 받쳐 들고 오다가 대뜸 광주리를 탁자에 내동댕이치더니 발끈하는 것이었다. "노친네 또 시작이네. 육근이 태어날 때 여섯 근 닷 냥 아니었어요? 우리 집 저울이 또 사제라 무게가 잘 안 나가는 십팔 냥 저울이잖아요. 십육 냥짜리 저울을 썼더라면 우리 육근이 일곱 근도 더 나갔을 거예요. 증조부나 조부도 아홉 근이나 여덟 근을 꽉 채웠는지 어땠는지 잘 모르잖아요. 저울이 십사 냥짜리인지도 모르고……."

"정말이지, 대가 갈수록 시원찮아진다니까!"

대답을 머뭇거리던 칠근댁은 이때 칠근이 골목 어귀를 돌아 나오는 것을 보고는 그쪽을 향해 악다구니를 썼다. "야, 이 웬수야, 뭔 짓을 하다 이제사 돌아오는 겨. 어디 가서 뒈졌나 했지! 밥상 차려 놓고 기다리는 사람 안중에도 없지!"

칠근은 농촌에 붙박여 살고 있었지만 이름을 날려 보려는 야심이 일찍부터 있었다. 조부로부터 그에 이르기까지 삼대를 호미자루 한 번 잡아본 일이 없었다. 그 역시 뱃사공 일을 하며 매일 아침 대처로 나갔다가 해질녘 다시 루전魯鎭으로 돌아오는 것이 일상이었다. 그런 탓에 그는 세상 돌아가는 소식에 아주 밝았다. 가령 어디서 천둥신 뇌공雷公이 지네 요정을 동강 내고 말았다느니, 어느 곳에선 처녀가 야차夜叉를 낳았다느니 하는 따위였다. 촌사람들 속에서 그가 이미 유명 인사가 된 건 확실했다. 그래도 여름날엔 저녁 등불 없이 밥을 먹는 농가의 관습이 엄연한 상황에서 귀가 시간이 지체되면 욕을 먹는 건 어쩔 수가 없었다.

칠근은 상아 부리에 백동 대통의 여섯 자 가웃 반죽斑竹 담뱃대를 쥐고 고개를 떨군 채 느기적거리고 오더니 걸상에 주저앉았다. 육근도 이때를 놓칠세라 그 옆에 달라붙어 아버지를 불렀다. 칠근은 대답이 없었다.

"대가 갈수록 시원찮아진다니까!" 구근 할매가 주절거렸다.

칠근이 천천히 고개를 들고 한숨을 쉬며 입을 열었다. "황제가 보위에 올랐어."

칠근댁은 일순 멍하다가 홀연 큰 깨달음을 얻은 듯 거들고 나섰다. "거 잘됐네. 대사면大赦免의 황은皇恩을 입지 않겠어?"

칠근은 또 한 번 숨을 내쉬었다. "난 변발이 없잖아."

"황제가 변발을 요구해?"

"황제는 변발을 요구해."

"그걸 어떻게 알아?" 칠근댁은 조급해져 그를 다그쳤다.

"셴형咸亨주점에서 다들 그러던걸."

칠근댁은 일순 뭔가 심상치가 않다는 느낌이 들었다. 셴형주점은 믿을 만한 소식통이었던 것이다. 눈알을 굴려 칠근의 까까머리를 힐끗거리던 그녀는 부아가 치밀어 올랐다. 그가 한심하기도 하고 밉기도 하고 원망스럽기도 했다. 갑자기 절망감이 밀려왔다. 밥 한 그릇을 가득 담아 칠근 앞에 들이밀며 날카롭게 쏘아붙였다. "어서 밥이나 드셔! 울상을 짓는다고 변발이 자라기나 해?"

태양이 최후의 빛을 거두어들이자 수면엔 어느새 서늘한 기운이 되돌아왔다. 마당에선 그릇 소리 젓가락 소리만 달그락거렸고 사람들 등줄기로 다시 땀방울이 송글거렸다. 밥 세 사발을 다 비운 칠근댁이 무심히 고개를 들었다. 순간 갑자기 명치끝이 쿵쾅쿵쾅 요동을 치기 시작했다. 오구목 잎새 사이로 작달막하고 뚱뚱한 자오치趙七 영감이 외나무다리를 건너오고 있었던 것이다. 그것도 짙푸른 옥양목 장삼을 입은 채 말이다.

자오치 영감은 인근 마을 마오위안茂源주점의 주인으로, 사방 삼십 리 내에서 유일한 명사이자 학자였다. 그래서인지 어딘지 모르게 나리마님 같은 퀘퀘한 냄새가 났다. 그는 김성탄金聖歎 평점評點의 『삼국지』를 십여 권 소장하고 있어서 허구한 날 앉아 그걸 한 글자 한 글자 읽곤 했던 것이다. 그는 오호장군五虎將軍의 이름을 알 뿐 아니라 심지어 황충黃忠의 자字가 한승漢升이고 마초馬超의 자가 맹기孟起라는 것도 알고 있었다. 혁명이 일어난 뒤 그는 마치 도사처럼 변발을 머리 꼭대기에 둘둘 말고 다녔다. 늘 탄식하며 가로되 만약 조자룡趙子龍이 살아 있다면 천하가 이 지경으로 어지러워지진 않았으리라는 거였다. 눈이 밝은 칠근댁은 오늘 자오치 영감의 머리가 도사 모양이 아니라 앞머리를 반들반들하게 깎아 올리고 뒤로 새까만 변발을 늘어뜨리고 있다는 것을 한눈에 알아보았다. 이건 분명 황제가 보위에 올랐다는 것이고 게다가 반드시 변발이 있어야 한다는 것이었다. 뿐만 아니라 칠근이 분명 심각한 위험에 빠져 있다는 징표이기도 했다. 그도 그럴 것이 자오치 영감은 옥양목 장삼을 어지간해서는 입지 않기 때문이다. 최근 삼 년 동안 딱 두 번 입었을 뿐이다. 한 번은 그와 실랑이를 벌인 곰보 아쓰阿四가 병이 났을 때였고, 또 한 번은 그의 주점을 박살낸 루魯 영감이 죽었을 때였다. 이번이 세번째로, 이건 분명 그에겐 경사요 그의 원수에겐 재앙임에 틀림없었다.

칠근댁은 이 년 전 칠근이 술에 취해 그를 "쌍놈"이라 욕한 것이 떠올랐다. 그래서 순간 칠근에게 위험이 닥쳤다는 걸 직감하고는 가슴이 쿵쾅거리기 시작했던 것이다.

영감이 걸어오자 밥 먹던 사람들이 모두 일어나 젓가락으로 자기 밥그릇을 가리키며 말했다. "어르신, 저희랑 진지 좀 드시죠!" 그도 연신 고개를 끄떡이며 "어여들 드시게" 하며 칠근네 식탁으로 곧장 걸어갔다. 칠근네 식구들이 서둘러 인사를 하자 그도 엷은 웃음을 띠며 "어여들 들어" 하면서 밥과 반찬을 찬찬히 훑었다.

"나물 냄새가 구수하구먼……, 소문은 들었겠지?" 그는 칠근 뒤에 서서 맞은편의 칠근댁에게 말을 건넸다.

"황제께서 보위에 오르셨다고요." 칠근이 끼어들었다.

칠근댁은 자오치 영감의 얼굴을 보고 한껏 웃음을 섞으며 말했다. "황제마마께서 보위에 오르셨으니 언제쯤 대사면의 황은을 입게 될라나요?"

"대사면의 황은이라……? 당장이야 아니라도 언젠간 대사면이 있겠지." 그러더니 갑자기 목소리에 서슬이 돋기 시작했다. "헌데 자네 서방 변발은? 변발이 어디로 갔냐고? 이건 심각한 문제야. 자네들도 알잖은가. 장발적 그 난리 때 머리털을 남기자니 머리통이 달아나지, 그렇다고 머리통을 남기자니 또 머리털이 달아나지…….

칠근네 부부는 책이라고는 가까이 가 본 적이 없어 이런 문자놀이의 오묘함을 이해할 턱이 없었다. 하지만 학식 있는 자오치 영감이 이런 말을 하는 것으로 보아 사태가 돌이킬 수 없는 지경에 이르렀다는 것은 직감했다. 그리하여 사형선고라도 받은 것처럼 귀가 웅웅거리며 한 마디 대꾸도 할 수 없었다.

"대가 갈수록 시원찮아져……." 투덜대고 있던 구근 할매가 이 기회를 틈타 영감에게 말을 붙였다. "요즘 장발적은 사람들 변발이나 잘라서 중도 아니고 도사도 아닌 꼴로 만들어 놓는 게 고작이여. 왕년의 장발적이 어디 이랬수? 나는 일흔아홉을 살았으니 살 만큼 살았어. 왕년의 장발적은 어쨌냐 하면 새빨간 비단 한 필로 칭칭 머리를 싸매고 아래로 늘어뜨려 발뒤꿈치까지 닿았지. 임금 마마는 누런 비단을 늘어뜨렸어, 누런 비단 말이여. 새빨간 비단에 누런 비단이…… 난 살 만큼 살았어. 일흔아홉이면."

칠근댁은 몸을 일으키며 중얼댔다. "이 일을 어떡하면 좋다냐? 늙으나 어리나 다 저 양반만 기대고 사는데……."

영감은 고개를 내저었다. "방법이 없어. 변발이 없으면 어떤 벌을 받아야 하는지 책에 조목조목 쓰여 있으니 말이야. 권속이 어찌 되건 그런 건 상관없네."

책에 적혀 있단 말에 칠근댁은 완전히 절망했다. 혼자 날뛴들 방법이 없었다. 갑자기 또 칠근이 원망스러워졌다. "이 웬수야. 싸다 싸! 모반이 일어났을 때 내가 그리 일렀잖아. 뱃일도 하지 말고 대처에 나가지 말라고. 그런데도 죽자 사자 기어 나가더니 기어이 변발을 잘리고 말았잖아. 예전엔 윤기 찰랑거리는 까만 변발이 그리 좋두만, 지금 그 꼴이 뭐야. 중도 아니고 도사도 아닌 것이. 이 인간이야 자업자득이라 치고 우릴 끌고 들어가 또 어쩌겠다고? 이 원수 같은 인간아……."

자오치 영감이 마실을 나온 걸 보고 마을 사람들은 부랴부랴 칠근네 식탁으로 몰려들었다. 칠근은 제 딴엔 나름 유명인사라 여기던 차였는데 여편네한테 그것도 사람들 앞에서 모욕을 당했으니 체면이 영 말이 아니었다. 어쩔 수 없다는 듯 고개를 치켜들고 천천히 입을 열었다.

"지금 와서 멋대로 지껄이는데 그땐 당신도……."

"이 원수 같은 화상이……."

구경꾼 중 팔일八─댁은 심성이 착한 사람이었다. 두 살 난 유복자를 안고 칠근댁 옆에서 이 난리를 구경하던 그녀가 보다 못해 사태를 진정시키고 나섰다. "칠근댁, 그만해. 사람이 신이 아닌 이상 어느 누가 앞일을 알 수 있나? 자네도 그때 말했잖아. 변발이 없어도 전혀 이상하지 않다고. 게다가 관아 나으리도 아직 별 말씀이 없는데……."

말이 끝나기도 전에 칠근댁의 귓불이 새빨개졌다. 대뜸 들고 있던 젓가락으로 팔일댁 코를 찔러 대며 역성을 부렸다. "아니, 무슨 말을 그렇게 해! 팔일댁, 나같이 멀쩡한 사람이 어찌 그렇게 터무니없는 소리를 해? 그때 나는 꼬박 사흘을 울고불고 난리를 쳤다구. 모두들 봤잖아. 육근이 이년도 꺼이꺼이 난리였고……." 육근은 수북이 담은 밥을 냉큼 비우고 빈 사발을 내밀며 더 달라던 참이었다. 칠근댁은 홧김에 젓가락으로 육근의 댕기머리 한복판을 쿡 찌르며 소리를 질렀다. "누가 거기더러 나서라 그랬어! 서방질이나 일삼는 과부 주제에!"

쨍그렁 하는 소리가 나면서 육근이 들고 있던 밥사발이 땅에 떨어졌다. 공교롭게도 벽돌 모서리에 부딪히는 바람에 산산조각이 나고 말았다. 칠근은 벌떡 일어나 깨진 그릇을 주워 맞추어 보더니 버럭 소리를 질렀다. "망할 년!" 그러고는 철썩 하는 소리와 함께 육근이 나가 떨어졌다. 구근 할매는 나동그라져 울고 있는 육근의 손을 당겨 일으켰다. 그러고는 "대가 갈수록 시원찮아져"를 연발하며 어디론가 데리고 가 버렸다.

팔일댁도 열이 뻗쳐 맞받아쳤다. "칠근댁, 그쪽이 지금 '무턱대고 사람을 때려잡네'······."

자오치 영감은 처음엔 실실대며 구경만 하고 있었다. 그런데 팔일댁의 "관아 나으리도 별 말씀이 없었다"는 발언 이후 슬그머니 화가 났다. 식탁머리 난장판에서 발을 빼고 있던 그가 팔일댁의 말에 토를 달고 나선 것이다. "'무턱대고 사람을 때려잡네'라니, 그걸 말이라고 하는 게야? 대군이 곧 들이닥칠 거야. 자네 잘 알아 둬. 이번에 보위에 오르시는 분은 장張 장군이란 분인데,[2] 이분은 연燕나라 사람 장익덕張翼德의 후손이셔. 그분의 장팔사모丈八蛇矛 위용을 만 명의 장정인들 당해 낼라고, 그러니 뉘라서 그분을 막아 낼 수 있으리." 그는 두 주먹을 불끈 쥐고 장팔사모를 잡은 듯 시늉을 하며 팔일댁 쪽으로 성큼 몇 걸음을 다가갔다. "자네가 그분을 막아 낼 건가!"

팔일댁은 화가 나서 아이를 안은 채 몸을 떨고 있던 참이었다. 그런데 자오치 영감이 눈을 부라리고 땀을 뻘뻘 흘리며 자기를 겨누고 달려드는 걸 보고 기겁을 해서 달아나 버렸다. 자오치 영감도 뒤를 쫓았다. 사람들은 팔일댁이 일을 키웠다고 나무라면서 길을 틔워 주었다. 변발을 잘랐다가 다시 기르기 시작한 몇몇은 그가 볼세라 사람들 뒤로 얼른 몸을 숨겼다. 자오치 영감도 자세히 살필 여력은 없는 듯 무리를 뚫고 지나가다가 오구목 뒤편으로 돌아들며 소리쳤다. "자네가 그분을 막아 낼 거야!" 그러고는 외나무다리를 건너 유유히 사라져 버렸다.

마을 사람들은 멍하니 서서 속으로 이런저런 가늠을 하느라 여념이 없었다. 그런들 자기가 장익덕을 당해 낼 순 없다는 건 분명했고, 따라서 칠근이 목숨을 부지할 길이 없다는 것도 확실했다. 기왕 칠근이 천자의 법도를 범했다면, 지금껏 대처 소식이랍시고 긴 담뱃대를 물고 거드름을 피워 댄 것도 돼먹지 못한 짓이라는 생각이 들었다. 그리하여 칠근의 범법 행위에 대해 적잖이 통쾌하단 생각이 들기도 했다. 뭔가 의논을 해봐야 할 것 같았지만 그렇다고 딱히 논의할 만한 게 있을 것 같지도 않았다. 한바탕 앵앵거림이 일더니 모기들이 벌거벗은 윗통들의 숲을 뚫고 오구목 아래에 진을 쳤다. 사람들도 하나 둘 흩어져 문을 걸고 잠이 들었다. 칠근댁도 투덜거리면서 그릇과 탁자, 걸상을 챙겨 집으로 들어가 문을 걸고 잠이 들었다.

칠근은 깨진 종지를 들고 집으로 돌아와 문지방에 걸터앉아 담배를 피웠다. 하지만 너무 걱정이 돼서 빠는 것도 잊었다. 담뱃대 백동 대통 속의 불꽃이 점점 사그라졌다. 사태가 몹시 위급한 것 같아 무슨 방도를 강구하고 계획을 세우고 싶었지만 너무 막연해서 도무지 종잡을 수가 없었다. "변발은? 변발은 어디로 갔냐고? 장팔사모 말이야. 대가 갈수록 시원찮아져 간다니까! 황제께서 보위에 오르셨어. 깨진 사발은 대처에 나가 때우면 되겠지만. 누가 그분을 당해 낼 건가? 책에 조목조목 적혀 있다니까. 망할 년!……"

이튿날 아침 칠근은 여느 때처럼 배를 저어 대처로 나갔다가 해질녘 루전으로 돌아왔다. 그리고 여섯 자가 넘는 반죽 담뱃대와 사발 하나를 들고 마을로 돌아갔다. 저녁 자리에서 그는 구근에게 성에 가서 그릇을 때워 왔다는 것, 산산조각이 나서 구리 못 열여섯 개가 들었다는 것, 구리 못 하나당 서 푼 해서 도합 마흔여덟 푼이 들었다는 것 등등을 주절주절 늘어놓았다.

구근 할매는 언짢아하며 역성을 부렸다. "대가 갈수록 시원찮아져. 난 살 만큼 살았다구. 못 하나에 서 푼이라니. 예전엔 못이 어디 이랬남? 예전 못은 말이여…… 난 일흔아홉까지 살았다구……."

그 이후 늘 그래 왔던 대로 칠근은 매일 대처를 드나들었다. 하지만 집안 공기는 어딘가 모르게 어두웠고 마을 사람들도 대체로 그를 기피하면서 더 이상 대처 소식을 귀동냥하러 오지 않았다. 칠근댁도 뚱한 목소리로 항시 입에 "웬수"를 달고 다녔다.

열흘 남짓 지난 어느 날, 칠근이 대처에 나갔다 돌아오니 아내가 신이 난 목소리로 물었다. "대처에서 무슨 소릴 못 들었수?"

"아무 소리도 못 들었는데."

"황제가 보위에 올랐대?"

"아무 말도 없던데."

"셴헝주점에서도 무슨 소리들을 안 하고?"

"없었는데."

"내 생각엔 황제가 분명 보위에 오르지 못한 것 같아. 오늘 자오치 영감 가게를 지나는데 영감이 또 앉아서 책을 읽고 있더라구. 변발도 둘둘 말아 올리고. 장삼도 안 입었어."

"……"

"보위에 안 오른 거겠지?"

"안 오른 거 같애."

　

지금 칠근은 칠근댁과 마을 사람들에게 상당한 존경과 대우를 받는 몸이 되었다. 여름이 되자 그들은 여전히 앞마당에서 밥을 먹었다. 모두들 얼굴을 마주치면 환한 얼굴로 인사를 건넨다. 여든을 넘어선 구근 할매는 여전히 불평을 늘어놓았고 기력도 짱짱했다. 육근의 댕기머리도 벌써 커다란 변발로 변해 있었다. 최근 발을 싸맨 그 아이는 집안일을 도울 만은 했는지 열여섯 개 구리 못으로 땜질한 주발을 들고 뒤뚱거리며 마당을 오가고 있었다.

1920년 10월

주)＿＿＿＿＿

1) 원제는 「風波」, 1920년 9월 『신청년』 제8권 제1호에 발표했다.

2) 장쉰(張勛)을 가리킨다. 베이양(北洋)군벌의 한 사람이다. 원래 청나라 군관이었던 그는 신해혁명 이후에도 변발을 자르지 않는 것으로 청나라에 대한 충성을 표했다. 그래서 그들을 변발군이라 불렀다. 1917년 7월 1일 베이징에서 그는 폐위된 황제 푸이(溥儀)의 복위를 시도했다가 결국 실패했다.

고향[1)]

혹한을 무릅쓰고 고향을 간다. 이천 리 떨어진, 이십여 년이나 떠나 있던 고향 말이다.

한겨울이었다. 고향이 가까워질수록 날씨는 음산하고 찬바람이 윙윙 배 안을 파고들었다. 덮개 사이로 밖을 내다보니 누릿한 하늘 아래 스산하고 황량한 마을들이 띄엄띄엄 생기 없이 늘어서 있었다. 가슴에 울컥 슬픔이 치밀어 올랐다.

아! 이게 내가 이십여 년 동안 한시도 잊지 못하던 고향이란 말인가?

내 기억 속의 고향은 이렇지 않았다. 그건 훨씬 더 근사했다. 그러나 기억 속의 그 아름다움을 떠올려 멋진 대목을 말하려 하면 영상도 사라지고 언어도 사라져 버린다. 마치 그런 것이라는 듯. 그래서 나 스스로 이렇게 해명하는 것이다. 고향도 본시 그렇다. 진보가 없다 한들 슬픔을 느낄 이유는 없다. 그저 내 심정의 변화일 뿐이니까. 게다가 이

번 귀향에 설렘 같은 게 있지도 않았으니까.

이번 귀향은 이별을 위한 것이었다. 오랫동안 우리 일가가 살던 집은 이미 남에게 넘기기로 얘기가 된 상태였다. 양도 기한은 금년 말까지였다. 그래서 정월 초하루 전에 정든 옛집과 이별하고 정든 고향을 떠나 내가 밥벌이를 하고 있는 이역으로 이사를 가야만 했다.

이튿날 아침 나는 우리 집 대문 앞에 당도했다. 기와 위 바람에 떨고 있는 말라 비튼 풀들은 집 주인이 바뀌어야 하는 까닭을 말해 주고 있었다. 같이 살던 친척들은 이미 이사를 해버린 듯 집안은 적막했다. 내가 살던 칸에 이르자 어머니가 벌써 마중을 나와 계셨다. 뒤따라 여덟 살 난 조카 훙얼宏兒도 날듯이 뛰어나왔다.

어머닌 반색을 하셨다. 그래도 처량한 기색은 감추고 계셨다. 나를 앉아 쉬도록 하고 차를 내왔지만 이사에 대해선 입을 열지 않았다. 나와 첫 상면인 훙얼은 건너편에 멀찍이 서서 나를 바라보기만 했다.

하지만 우리는 끝내 이사 일을 입에 올렸다. 나는 저쪽 집을 벌써 세내놨고 또 가구도 몇 개 사 놨다는 것, 이 밖엔 집안에 있는 가구들을 모조리 팔아 충당하면 된다는 것 등등을 이야기했다. 어머니도 좋다고 하셨다. 그러고는 짐짝 정리도 대충 끝났다는 것, 운반이 불편한 가구도 절반은 처분했지만 아직 돈을 받지 못했다는 것 등등을 말씀하셨다.

"하루 이틀 쉬다가 친척 어른들 한번 찾아뵙고 떠나도록 하자."

"그러지요."

"그리고 룬투閏土 말인데, 우리 집에 올 때마다 네 소식을 묻더구

나. 한번 만났으면 하더라. 네가 도착하는 날을 대충 일러 주었으니 아마 곧 올 게다."

이때 신비로운 그림 한 폭이 머리를 스쳐 갔다. 검푸른 하늘에 노란 보름달이 걸려 있고, 그 아래 바닷가 백사장엔 새파란 수박밭이 끝없이 펼쳐져 있었다. 그 사이로 열한두 살이나 되어 보이는 한 소년이 목에 은 목걸이를 한 채 차獾[2]라는 놈을 향해 힘껏 작살을 던지고 있었다. 놈은 잽싸게 방향을 틀더니 외려 그의 가랑이 사이로 쏙 빠져 줄행랑을 치고 마는 것이었다.

이 소년이 바로 룬투다. 내가 그를 알게 된 것은 열 살 안팎 무렵으로 지금으로부터 삼십 년 전 일이다. 그땐 아버지도 살아 계셨고 집안 형편도 괜찮았으니, 말하자면 나는 어엿한 도련님이었다. 그 해는 우리 집에서 큰 제사를 지낼 차례였다. 이 제사는 삼십 몇 년 만에 한 번 돌아오는 것으로 그만큼 정중히 치러야 했다. 정월에 조상 영정을 모시는 일엔 제물도 많았고 제기도 신경을 써야 했다. 참례자가 많으니 제기도 도둑맞지 않도록 잘 지켜야 했다. 우리 집엔 망월忙月이 한 사람뿐이었다(우리 고장에선 고용인을 셋으로 나눈다. 일 년 내내 한 집에 붙박이로 고용된 자를 장년長年이라 하고, 일정 기한 누군가에게 고용된 자를 단공短工이라 한다. 자기 농사를 지으면서 정월이나 명절, 그리고 세금을 거둬들일 때 어느 집에 고용된 자를 망월忙月이라 불렀다). 어찌나 바빴던지 그는 자기 아들 룬투더러 제기를 관리하도록 하겠노라 아버지에게 말했다.

아버지는 그리하라 하셨다. 나도 신이 났다. 일찍이 룬투라는 이

름을 들은 바가 있었기 때문이다. 게다가 그가 나와 또래라는 것, 윤
달閏月에 태어나 오행五行 가운데 토土가 빠져 있다 해서 그의 아버지
가 룬투閏土라 이름을 지었다는 것도 알고 있었다. 그는 덫을 놓아 새
를 잡는 데 명수였다.

그리하여 나는 매일같이 섣달이 오기만을 손꼽아 기다렸다. 섣달
이 되면 룬투도 올 것이었다. 가까스로 다가온 연말의 어느 날, 어머니
는 룬투가 왔다고 일러 주셨다. 나는 그를 보러 한달음에 뛰어나갔다.
그는 마침 부엌에 있었다. 자줏빛 둥근 얼굴에 자그만 털모자를 쓰고
목에는 반들반들한 은 목걸이를 하고 있었다. 그건 그의 아버지가 걸
어 준 사랑의 징표였다. 아들이 죽을까 봐 부처님 앞에서 소원을 빌고
걸어 준 목걸이였다. 그는 사람 앞에서 부끄럼을 많이 탔지만 내게만
은 그렇지 않았다. 아무도 없을 때 내게 말을 걸어 와서 우린 반나절도
안 돼 친숙해졌다.

그때 우리가 무슨 얘기를 나눴는지는 모르겠지만, 도회지에 가서
생전 못 본 것들을 무수히 보았노라고 신이 나서 재잘거리던 모습만
은 기억이 난다.

이튿날 나는 그에게 새를 잡아 달라고 졸랐다. 그랬더니 이러는
거였다. "그건 곤란해. 큰 눈이 내려야 되거든. 모래밭에 눈이 내리면
그걸 쓸어내서 조그만 공터를 만들어. 그러고는 작은 막대로 큰 광주
리를 받치고 나락을 거기에 뿌려 둔단 말이야. 그럼 새가 그걸 보고 와
서 쪼아 먹거든. 그때 멀찍이서 막대에 매단 줄을 톡 잡아당기기만 하
면 끝나는 거야. 광주리 속엔 별별 새들이 다 있어. 참새, 뿔새, 산비둘

기, 파랑새……."

그리하여 나는 눈이 내리기를 고대했다.

룬투는 또 이런 말을 했다.

"지금은 너무 추워 그렇지만 여름이 되면 우리 집에 놀러 와. 낮엔 바닷가에 조개를 잡으러 가거든. 빨간 거, 파란 거, 귀신 쫓기 조개, 관음보살 손바닥 등등 없는 게 없어. 밤이면 우리 아빠랑 수박 지키러 가는데 너도 가자."

"도둑을 지킨다고?"

"아니. 지나가다 목이 말라 하나쯤 따 먹는 건 우리 동네에선 훔치는 걸로 치지도 않아. 지켜야 할 건 두더지나 고슴도치, 차狚 같은 놈들이야. 달빛이 내려쬐는 밤에 말야, 어디 한번 들어 봐, 사각사각 소리가 날 거야. 그건 차라는 놈이 수박을 갉아먹는 소리야. 그러면 네가 말야, 작살을 들고 살금살금 다가가……."

그때 나는 이 차라는 놈이 어떤 짐승인지 알지 못했지만—지금도 그렇지만—생김새가 개 같고 아주 사나운 놈일 거라 생각하고 있었다.

"그놈이 물진 않아?"

"작살이 있잖아! 다가가서 차를 보면 그냥 찌르는 거야. 근데 아주 영리한 놈이라 오히려 너 쪽으로 달려들며 가랑이 사이로 내뺄 거야. 털이 기름처럼 미끄덩거리는데……."

그때까지 나는 세상에 신기한 일이 그렇게 많을 줄 몰랐다. 바닷가에 오색찬란한 조개는 웬 말이며 수박에 이토록 위험한 내력은 또 웬 말이란 말인가. 그때까지 나는 과일가게에서 파는 수박밖에 몰랐으니 말이다.

"우리 동네 모래밭엔 말야, 밀물 때가 되면 날치 떼가 펄떡거리는데 장관이야. 청개구리처럼 두 발이 달렸는데……."

아아! 룬투의 가슴속엔 신기한 일들이 무궁무진하구나. 하나같이 내 친구들이 모르는 것뿐이니. 그들은 아무것도 모른다. 룬투가 바닷가에 서 있을 때 나처럼 그저 마당 안 네 모서리 하늘만 쳐다보고 있었던 것이다.

애석하게도 정월이 지나 룬투는 집으로 돌아가야 했다. 나는 마음이 달아 엉엉 울었다. 그도 부엌에 숨어 울며 가지 않겠노라 뻗댔다. 하지만 끝내 그 아버지한테 끌려가고 말았다. 그 뒤 그는 자기 아버지 편에 조개껍질 한 꾸러미와 예쁜 깃털 몇 개를 보내 주었다. 나도 한두 번 뭔가를 보냈지만, 이후 다시 그를 만나지 못했다.

어머니가 그를 거론하는 순간 어릴 적 기억이 번개처럼 번쩍이며 되살아나 내 아름다운 고향을 본 것만 같았다. 나는 대답했다.

"거 참 잘 됐네요! 그는…… 어찌 지내는지?……"

"그 아이 말이냐?…… 그 아이도 형편이 여의치 않더라……." 어머닌 말씀을 하면서 창밖을 바라보았다. "저 치들 또 왔네. 가구를 사겠다면서 손에 잡히는 대로 가져가니 원. 가서 좀 봐야겠다."

어머니는 일어서더니 나갔다. 문밖엔 여자들 목소리가 났다. 나는 훙얼을 가까이 오라고 해서 이런저런 얘기를 나누었다. 글은 쓸 줄 아는지, 바깥세상에 나가 보고 싶진 않은지.

"우리 기차 타고 가요?"

"그래. 기차 타고 간단다."

"배는요?"

"먼저 배를 타고……."

"하이고! 이렇게 변했네! 수염도 이리 자랐고!" 돌연 날카로운 괴성이 귀를 때렸다.

깜짝 놀라 얼른 고개를 들어 보니 광대뼈가 불거지고 입술이 엷은 쉰 안팎의 여자가 앞에 서 있었다. 두 손을 골반에 걸치고 치마도 안 입은 채 두 다리를 벌리고 있는 모습이 마치 가냘픈 다리를 가진 콤파스 같았다.

나는 경악했다.

"모르겠수? 내가 안아 주기도 했는데!"

나는 더욱 경악했다. 다행히 어머니가 들어와 끼어들었으니 망정이지.

"오랫동안 외지에 나가 있어 까맣게 잊어버렸을 거야. 너도 기억 나지?" 그러면서 나를 향해 말씀을 이었다. "우리 집 건너 사는 양楊씨네 둘째댁 아주머니 아니냐. …… 두부 가게 하던."

오라. 생각이 났다. 그러고 보니 분명 어릴 적 우리 집 건너 두부 가게엔 하루 종일 양씨네 둘째댁이란 사람이 앉아 있었고 사람들은 그녀를 "두부 서시西施³⁾"라 불렀다. 하지만 분도 발랐고 광대뼈도 이렇게 튀어나오지 않았고 입술도 이렇게 얇지 않았다. 게다가 종일 앉아 있었으니 이런 콤파스 같은 자세를 보았을 리 없었다. 그 무렵 사람들 말로는 그녀 때문에 두부 가게가 성황이라 했다. 하지만 나이가 어렸던 터라 나는 그런 말엔 추호의 감화도 입지 않았다. 그래서 까맣게 잊고 있었던 것이다. 그러나 콤파스는 꽤나 불만인 모양이었다. 경멸의 기색을 드러내는 것이 마치 나폴륜[나폴레옹]을 모르는 불란서인이나 와싱톤을 모르는 미국인을 조소하는 듯했다.

"기억이 안 난단 말이지? 그거 참말로 귀인은 눈이 높다더만…."

"그럴 리가요. …… 저는……." 나는 어찌할 바를 몰라 일어서며 말했다.

"그럼 내 자네한테 말하지. 쉰(迅)이, 자넨 부자가 됐고, 또 옮기기에도 육중할 테고. 이런 허접한 가구를 무엇에나 쓰겠나. 그러니 나한테 주게. 우리 같은 가난뱅이야 쓸모가 있으니까."

"제가 부자라뇨. 이걸 팔아야 그 돈으로……."

"아니, 이 사람이 도대(道臺)[4]가 되고도 부자가 아니라는 게야? 자네 지금 첩을 셋이나 거느리고 출타할 땐 팔인교를 타면서도 부자가 아니라고? 에이, 내 눈은 못 속이지."

말대꾸를 해봐야 소용이 없겠다 싶어 입을 닫은 채 묵묵히 서 있었다.

"아이구야, 참말로 돈 있는 사람들이 더 무서워. 있을수록 지갑 끈을 더 쥔다더니……." 콤파스는 홱 몸을 돌려 궁시렁대며 밖으로 나갔다. 그러면서 어머니 장갑을 바지춤에 슬쩍 찌르는 거였다.

그 뒤로도 인근의 일가친척들이 날 보러 왔다. 나는 그들을 응대하면서 틈틈이 짐을 꾸렸다. 그렇게 사나흘이 지났다.

어느 추운 날 오후, 나는 점심을 먹고 나서 앉아 차를 마시던 중이었다. 밖에 누군가 들어오는 인기척이 나서 고개를 돌려 뒤돌아보았다. 순간 나도 모르게 놀라 얼떨결에 몸을 일으켰다.

룬투였다. 첫눈에 룬투임을 알아봤지만 내 기억 속의 룬투는 아니었다. 키는 배나 자랐고 예전의 자줏빛 둥근 얼굴도 이젠 누른 잿빛으로 변해 있었다. 게다가 주름이 제법 깊었다. 눈도 자기 아버지처럼 가장자리가 온통 벌겋게 부어 있었다. 나는 안다. 바닷가에서 농사를 짓는 자는 온종일 불어오는 갯바람 때문에 대개 이런 경우가 많다는 것을. 머리에는 너덜한 털모자를 쓰고 몸엔 얇은 솜옷을 한 벌만 걸친 채 잔뜩 움츠리고 있었다. 손엔 종이꾸러미와 긴 담뱃대를 들고 있었다. 그 손도 내 기억 속의 발그스레하고 토실토실 살이 오른 손이 아니었다. 거칠고 울퉁불퉁한 데다 갈라진 것이 마치 소나무 껍질 같았다.

나는 몹시 흥분되었지만 무슨 말을 해야 할지 몰라 그저 얼버무렸다.

"어! 룬투, …… 왔어?……"

이어서 수많은 말들이 염주처럼 줄줄이 솟구쳐 나왔다. 뿔새, 날치, 조개, 차…… 하지만 무엇에 제지당한 듯 머릿속을 맴돌기만 할 뿐 입 밖으로 나오지 않았다.

그는 멈춰 섰다. 반가움과 쓸쓸함이 배어 나왔다. 입술을 움찔거렸지만 소리로 맺히지는 못했다. 마침내 그의 태도가 깍듯해지기 시작하더니 어조가 분명해지는 것이었다.

"나으리!……"

오싹 소름이 돋는 듯했다. 우리 사이엔 이미 슬픈 장벽이 두텁게 가로놓여 있었다. 나도 아무 말을 할 수 없었다.

그는 고개를 돌리며 말했다. "수이성水生! 나으리께 절을 올리거라." 그러고는 등 뒤에 숨어 있던 아이를 끌어냈다. 이 아이야말로 이십 년 전 룬투였다. 누렇게 뜨고 약간 마르다는 것과 목에 은 목걸이가 없다는 걸 제외하면 그랬다. "제 다섯째 놈입니다. 세상 구경을 한 적이 없어 이리 부끄럼을 타니……."

어머니와 홍얼이 이층에서 내려왔다. 목소릴 들은 모양이었다.

"노마님, 서신은 진즉 받았습니다. 저는 정말이지 얼마나 기뻤는지, 나으리께서 돌아오신다는 걸 알고요……." 룬투가 말했다.

"아니. 자네 말투가 어째서 이런가. 예전엔 형 동생 하지 않았어? 그냥 옛날대로 쉰아 그리 하게." 어머니는 기분이 들떠 말했다.

"아닙니다요, 노마님도 참 별 말씀을…… 그런 법도가 어디 있다고요. 그땐 아이라 철이 없어서……." 룬투는 말을 하면서 수이성에게 예를 갖추라고 채근했지만 아이는 부끄러워하며 제 아버지 등 뒤에 달라붙어 있는 것이었다.

"애가 수이성이라고? 다섯째? 모두가 낯선 얼굴이니 수줍어하는 것도 당연하지. 홍얼, 데리고 가서 좀 놀아 주거라."

이 말에 홍얼이 손짓을 하자 수이성은 홀가분한 걸음이 되어 그를 따라나서는 것이었다. 어머니가 룬투에게 앉기를 권하자 그는 잠시 머뭇거리다가 겨우 앉았다. 긴 담뱃대를 탁자 옆에 세워 두고 종이 꾸러미를 내밀며 말했다.

"겨울철이라 변변한 게 없습니다. 콩인데 저희 집에서 말린 걸 조금 가져왔습니다. 나으리께……."

나는 이것저것 그의 형편을 물었다. 그는 고개를 저을 뿐이었다.

"말이 아닙니다. 여섯째 놈이 거드는데도 입에 풀칠하기가…… 어수선하기도 하고…… 어딜 가나 돈을 뜯기니, 법이 있기나 한 겐지…… 농사도 엉망이고요. 심어서 팔아 봤자 몇 번 세금 내고 나면 본전도 못 건지고, 그렇다고 안 팔자니 썩을 뿐이고……."

그는 잘래잘래 고개를 저을 뿐이었다. 얼굴에 숱한 주름이 새겨 있었지만 꿈쩍도 않는 것이 마치 석상 같았다. 시난고난한 삶을 형용할 길이 없다는 듯 잠시 침묵을 지키더니 담뱃대를 들고 묵묵히 담배를 피웠다.

어머니 말에 의하면 집안일이 바빠 내일 돌아가야 한다고 했다. 게다가 아직 점심도 못 먹어서 직접 부엌에 가서 밥을 볶아 먹으라 했다는 거였다.

그가 나가자 어머니와 나는 그의 형편에 한숨을 지었다. 애들은 줄줄이 흉년과 기근에 가혹한 세금까지, 또 군인, 비적, 관리, 향신鄕紳이 쥐어짜서 그를 장승으로 만들어 버렸으니. 어머니는 내게 굳이 가져가지 않아도 될 물건은 그더러 직접 골라 가져가게 하자고 했다.

오후에 그는 집기 몇 개를 골랐다. 긴 탁자 둘, 의자 넷, 향로와 촛대 한 벌, 저울 하나. 그는 또 집에 있는 재를 전부 달라고 했다(우리 고장에선 밥 지을 때 짚을 때는데, 그 재는 모래땅의 거름이 된다). 우리가 떠날 때 배로 날라 가겠다는 거였다.

밤에도 우린 이런저런 얘기를 나누었다. 하나같이 중요하지 않은 것들이었다. 다음 날 아침 그는 수이성을 데리고 돌아갔다.

또 아흐레가 지나 우리가 떠날 날이 되었다. 룬투는 아침 일찍부터 걸음을 했다. 수이성은 같이 오지 않고 대신 다섯 살 난 딸을 데리고 와 배를 지키게 했다. 하루 종일 정신없이 바빴던 터라 더 이상 이야기를 나눌 틈이 없었다. 손님도 적지 않았다. 전송하러 온 사람, 물건 가지러 온 사람, 전송도 할 겸 물건도 가져갈 겸 해서 온 사람 등 가지각색이었다. 저녁 무렵 우리가 배에 오를 때에는 고택의 크고 작은 물건들이 빗질을 한 듯 싹 비워졌다.

우리가 탄 배가 앞으로 나아갔다. 황혼 속 양 기슭의 산들이 짙은 눈썹처럼 단장을 한 채 하나둘 고물 쪽으로 뒷걸음질쳤다.

홍얼은 나와 함께 창에 기대 어슴푸레한 바깥 풍경을 바라보다가 불쑥 물음을 던졌다.

"큰아버지! 우리 언제나 돌아올까요?"

"돌아오다니? 넌 어째서 가지도 않았는데 미리 돌아올 생각부터 하니?"

"그게 아니라, 수이성이 자기 집으로 놀러 오라고 해서……." 그는 크고 새까만 눈을 말똥거리며 우두커니 생각에 잠겼다.

나와 어머니도 다소 멍해졌다. 그리하여 다시 룬투 이야기로 화제가 돌아갔다. 어머니 말에 의하면, 그 두부집 서시는 짐을 꾸리기 시작한 그날부터 매일 걸음을 했는데, 그저께는 잿더미 속에서 주발과 접시를 열 몇 개나 파냈다는 거였다. 이런저런 이야기 끝에 룬투가 묻어 두었고 재를 나를 때 같이 가져가려던 것으로 단정을 내렸다는 거였다. 양씨댁은 이 발견을 자기 공으로 돌리면서 구기살狗氣殺(이는 우리 고장에서 닭을 칠 때 쓰는 도구다. 목판 위에 우리를 치고 거기에 모이를 놓아둔다. 그러면 닭은 목을 길게 뻗어 쪼아 먹을 수 있지만 개는 그럴 수가 없어 멀뚱히 보면서 애만 태우게 된다)을 슬쩍하고는 내뺐다는 거였다. 전족纏足 한 발로 어찌 저리도 잘 달릴까 싶을 정도였다는 거였다.

옛 집은 점차 멀어져 갔다. 고향산천도 점점 멀어져 갔다. 하지만 나는 일말의 미련도 느껴지지 않았다. 사방에 보이지 않는 담장이 쳐 있고 나 혼자 거기 남겨진 듯한 느낌이 들어 울적했다. 수박밭 꼬마 영웅의 영상은 더없이 또렷했건만 이젠 홀연 희미해져 버렸다. 그것이 나를 슬프게 한다.

어머니와 홍얼은 잠이 들었다.

나는 드러누워 배 밑창의 철썩이는 물소리를 들으며 내가 내 길을 가고 있음을 알았다. 생각해 보니 나는 룬투와 이 지경으로 멀어졌지만 우리 후배들은 여전히 한 기분으로 살고 있었다. 홍얼은 지금 수이성을 못 잊어 하지 않는가? 바라기는, 저들이 더 이상 나처럼 되지 말기를, 또 모두에게 틈이 생기지 않기를……그렇다고 또 저들이 의기투합한답시고 나처럼 고통에 뒤척이며 살아가진 말기를, 또 룬투처럼 고통에 시달리며 살아가진 말기를, 또 다른 이들처럼 고통에 내맡기며 살아가진 말기를. 저들은 새로운 삶을 가져야 한다. 우리가 일찍이 경험하지 못한 삶을.

희망이라는 것에 생각이 미치자 덜컥 겁이 나기 시작했다. 룬투가 향로와 촛대를 갖겠다고 했을 때 나는 속으로 비웃었다. 아직도 우상을 숭배하며 언제까지 연연해할 거냐고. 지금 내가 말하는 희망이라는 것도 나 자신이 만들어 낸 우상이 아닐까? 그의 소망은 비근한 것이고 내 소망은 아득한 것일 뿐.

몽롱한 가운데 바닷가 푸른 모래밭이 펼쳐져 있고 그 위 검푸른 하늘엔 노란 보름달이 걸려 있었다. 생각해 보니 희망이란 본시 있다고도 없다고도 할 수 없는 거였다. 이는 마치 땅 위의 길과 같은 것이다. 본시 땅 위엔 길이 없다. 다니는 사람이 많다 보면 거기가 곧 길이되는 것이다.

1921년 1월

주)_____

1) 원제는 「故鄕」, 1921년 5월 『신청년』 제9권 제1호에 발표했다.

2) 차(猹)는 오소리의 일종인 듯하다.

3) 서시(西施)는 월(越)나라 왕 구천(勾踐)과 오(吳)나라 왕 부차(夫差) 간의 전쟁담에 등장하는 여인이다. 흔히 미녀의 대명사로 통용된다.

4) 도대(道臺)는 청나라 관직 도원(道員)의 속칭이다. 지방 행정을 관장하던 관리다.

아Q정전[1]

제1장 서(序)

아Q에게 정전正傳을 써 주어야겠다고 한 지가 벌써 몇 해 전이다. 그런데 막상 쓰려고 하면 또 머뭇거리게 되는 것이었다. 이로 볼 때 내가 '후세에 말을 전할' 만한 위인이 못 됨을 알 수 있다. 그도 그럴 것이 예로부터 불후不朽의 문장만이 불후의 인물을 전할 수 있다고 했으니 말이다. 그리하여 사람은 문장으로 전해지고 문장은 사람으로 전해지는데, 그렇다면 대체 누가 누구에 의해 전해지는 것인지 점점 모호하게 된다. 마침내 아Q를 전해야겠다는 데 생각이 이르고 보니 생각 속에 귀신이 자리하고 있는 듯했다.

어쨌거나 속후速朽의 문장 한 편을 쓰기로 작정하고 붓을 들고 보니 여러 가지 난관에 봉착하게 되었다. 첫째는 글의 제목이었다. 공자는 "이름이 바르지 못하면 말이 순통치 못하다"名不正則言不順고 했다.

이는 응당 주의를 기해야 할 문제다. 전傳에도 별별 전들이 다 있다. 열전列傳, 자전自傳, 내전內傳, 외전外傳, 별전別傳, 가전家傳, 소전小傳 등등 등, 그런데 애석하게도 어느 하나 딱 들어맞지가 않았다. '열전'은 어떨까? 이 글은 허다한 위인들과 함께 '정사'正史 속에 배치될 수 없다. 그럼 '자전'은 어떨까? 내가 아Q가 아니니 이것도 안 된다. '외전'이라 하면 '내전'은 어디에 있는가? 설령 '내전'이라 해도 아Q는 결코 신선이 아닌 것이다. '별전'은? 그러자면 먼저 '본전'이 있어야 하는데 아직 대총통이 국사관國史館에 아Q의 '본전'을 세우라는 유시가 없다. 영국의 정사에 『박도별전』博徒別傳이 없음에도 문호 디킨스가 『박도별전』2)이란 책을 쓴 적이 있다고 하지만, 이는 문호니까 가능한 일이지나 같은 사람에겐 어림도 없다. 그다음은 '가전'인데, 내가 아Q와 일가인지 아닌지 알 수가 없거니와 그의 자손들에게 부탁받은 적도 없다. 혹시 '소전'이라 해도 아Q에게 별달리 '대전'이 있는 것도 아니다. 요컨대 이 글은 아무래도 '본전'이 되겠으나, 내 글이라는 것에 대해 생각해 보자면 문체가 비천하여 '콩국 행상꾼'들이나 쓰는 말이라 감히 참칭을 할 수가 없다. 이에 삼교구류三教九流 축에도 못 끼는 소설류의 이른바 "한담은 접고 정전으로 돌아가서"라는 상투적인 구절에서 '정전'正傳이란 두 글자를 취하여 제목으로 삼는 바이다. 옛사람이 편찬한 『서법정전』書法正傳의 '정전'과 혼동될 우려가 없지 않으나 거기까지 마음을 쓸 겨를은 없다.

둘째, 으레 그렇듯 전기의 첫머리에는 대개 "아무개, 자字는 무엇에 어디 사람이다"라 해야겠지만, 나는 아Q의 성이 무엇인지도 모른다. 한번은 그의 성이 자오趙인 것도 같았으나 다음 날 모호해지고 말았다. 자오 나리의 아들이 수재秀才 시험에 급제했을 때였다. 징 소리와 함께 그 소식이 마을에 알려졌을 때, 마침 황주 두어 잔을 걸친 아Q는 뛸듯이 기뻐하며 그 자신에게도 영광이라고 했다. 왜냐하면 원래 그는 자오 나리와 일가이며, 항렬을 꼼꼼히 따져 보면 수재보다 삼 대나 위라는 것이었다. 그때 근방에 있던 몇 사람들도 적잖이 존경의 염이 생겨났다. 그런데 다음 날 지역 치안을 담당하던 지보地保가 아Q를 불러 자오 나리 집으로 데리고 갔다. 나리는 아Q를 보자마자 얼굴에 핏대를 세우며 고래고래 소리를 질렀다.

"아Q, 이 우라질 놈! 네놈이 나랑 일가라고?"

아Q는 입을 열지 않았다.

자오 나리는 더욱 화가 치밀어 몇 발짝을 쫓아 나서며 말했다. "감히 터무니없는 소릴 지껄이다니! 내가 어떻게 네놈 같은 일가가 있단 말이야? 네놈 성이 자오씨야?"

아Q는 입을 꾹 닫고 뒷걸음질쳤다. 그런데 자오 나리가 달려들어 그의 따귀를 한 대 올려붙였다.

"네놈이 어찌 자오씨야? 네놈이 뉘 앞에서 자오씨를 갖다 붙여!"

아Q는 자오씨가 맞다고 항변을 하지 않았다. 그저 왼손으로 볼을 문지르며 지보와 함께 물러났을 뿐이다. 밖으로 나와서는 또 지보에게 한바탕 닦아세움을 당한 뒤 사죄조로 술값 이백 푼을 그에게 바쳤다. 이 사실을 안 사람들은 하나같이 아Q가 황당한 말을 하고 다녀 스스로 매를 번 거라고 했다. 성이 자오씨인 것 같지도 않고, 진짜로 자오씨라 하더라도 자오 나리가 여기에 있는 한 그런 헛소리를 지껄여선 안 된다는 거였다. 그 뒤부터 아무도 그의 성을 들먹이는 사람이 없었다. 그래서 나도 아Q의 성이 무엇인지 알지를 못하는 것이다.

셋째, 아Q의 이름을 어떻게 쓰는지 나도 모른다. 그가 살아 있을 때엔 모두가 그를 아Quei라 불렀지만, 죽은 뒤론 더 이상 아Quei를 입에 올리는 사람이 없었다. 그러니 어찌 '죽백竹帛에 적어 역사에 남기는' 일이 있을 수 있겠는가. 만약 '죽백에 적었다'고 한다면 이 글이 첫번째가 될 터이므로 제일 먼저 이 난관에 부딪히게 될 것이다. 예전에 나는 아Quei가 아구이阿桂인지 아구이阿貴인지에 대해 곰곰이 생각해 본 적이 있다. 만약 사람들이 그를 월정月亭이란 호를 부르거나 8월에 생일잔치를 한 적이 있다면 그는 분명 아구이阿桂일 것이다. 그러나 그는 호가 없고——어쩌면 있는데 아는 사람이 없는 것인지도 모르겠다——생일날 초청장을 보내온 적도 없다. 그래서 그를 아구이阿桂라 쓰는 건 독단이다. 또 만약 그에게 아푸阿富라는 이름의 형이나 아우가 있다면 그는 분명 아구이阿貴일 것이다. 그러나 그는 혈혈단신이므로 아구이阿貴로 쓸 근거가 없다. 그 밖에 Quei로 발음되는 어려운 글자로는 더욱이 들어맞지 않는다. 예전에 나는 자오 나리의 아들인 수재 선생에게 물어본 적이 있지만 놀랍게도 그리 박학한 분도 별 수가 없었다. 그의 결론에 의하면 천두슈陳獨秀가 『신청년』을 발간하고 서양 문자를 제창한 탓에 국혼이 쇠망하여 고증할 길이 없게 되었다는 거였다. 나의 최후 수단은 고향 친구에게 부탁하여 아Quei의 범죄 조서를 살펴보도록 하는 것이었다. 8개월이 지난 뒤 겨우 답신이 왔는데, 조서에는 아Quei 비슷한 발음은 아예 없다는 것이었다. 실제 없는 지 아니면 살펴보지 않았는지 모르겠지만 더 이상 별다른 방도가 없었다. 혹시 주음자모注音字母가 아직 통용되지 않았을 수도 있을 터, 그러니 할 수 없이 '서양 문자'를 빌려 영국식 표기법으로 아Quei라 쓰고 간략히 아Q라 부를 수밖에. 『신청년』을 맹종하는 것 같아 나 자신도 좀 뭣하지만, 수재 선생도 알지 못하는 걸 난들 무슨 수가 있겠는가.

넷째, 아Q의 본관本貫이다. 만약 그의 성이 자오씨라면 자기 가계를 명망가와 연결시키고 싶어 하는 요즘의 세태에 따라 『군명백가성』郡名百家姓의 주석에 비추어 "농서천수隴西天水 사람이다"라고 해야 할 것이다. 하지만 애석하게도 그 성이 그리 믿을 만한 것이 못 되는지라, 따라서 본관도 속단키가 어려웠다. 그는 웨이좡에 오래 살긴 했지만 항시 별처別處에서 기거했으므로 웨이좡 사람이라 말할 수도 없다. 그러니 "웨이좡 사람이다"라고 한다 해도 역시 역사적 법칙에 어긋나는 것이 된다.

그나마 스스로 위안이 되는 것은 '아'阿 자 하나만은 확실하다는 점이다. 이것만은 절대로 갖다 붙이거나 빌려 온 것이 아니니 그 어떤 대가 앞에서도 떳떳할 수 있다. 그 밖의 점들은 천학비재한 나로선 규명해 볼 도리가 없다. 그저 '역사벽과 고증벽'에 물든 후스즈胡適之 선생의 제자들이 장래 수많은 단서들을 찾아내 주기를 바랄 수밖에. 물론 나의 이 「아Q정전」은 그때쯤이면 이미 소멸해 버리고 말았겠지만 말이다.

이로써 서문을 대신한다.

제2장 승리의 기록

아Q는 이름과 본관이 분명치 않을 뿐 아니라 이전의 '행장'行狀조차 분명치 않다. 웨이좡 사람들에게 아Q는 일을 부리거나 놀려 먹는 대 상이었을 뿐 지금껏 그의 '행장' 따위엔 마음을 두지 않았다. 그리고 아Q 자신도 그런 말을 내비치지 않았다. 유독 말다툼을 할 땐 간혹 눈 을 부라리며 으름장을 놓곤 했다.

"우리도 한때는…… 너보다 훨씬 더 대단했어! 네깟 게 뭐라고!"

아Q는 집이 없어 웨이좡의 마을 사당에서 살았다. 일정한 직업 도 없어 날품을 팔며 생활을 했다. 보리를 베라면 보리를 베고, 방아를 찧으라 하면 방아를 찧고, 배를 저어라 하면 배를 저었다. 일이 길어지 면 주인집에서 임시로 묵을 때도 있었지만, 일이 끝나면 이내 돌아갔 다. 그래서 사람들은 일손이 달릴 때에는 아Q를 생각했지만, 그건 일 을 시키기 위해 그런 것이지 '행장' 때문에 그런 건 아니었다. 일단 한 가해지면 아Q라는 존재조차 까맣게 잊어버렸으니 '행장'은 더더욱 말할 나위가 없었다. 딱 한 번 어느 노인이 "아Q는 정말 일꾼이야!"라 고 칭찬을 한 적이 있었다. 이때 아Q는 웃통을 벗은 채 깡마른 몰골로 멋쩍은 듯 노인 앞에 서 있었다. 다른 사람들은 이 말이 진심인지 조롱 인지 아리송해하고 있는데, 아Q는 기분이 날아가고 있었다.

아Q는 자존심이 강했다. 웨이좡 사람 누구도 그의 눈에 차는 자 가 없었다. 심지어 두 명의 '문동'文童조차 시시하게 여길 정도였다. 무 릇 문동이란 장차 수재가 될 재목이었다. 자오趙 나리와 첸錢 나리가 주민들로부터 크게 존경을 받는 이유도 부자라는 것 외에 문동의 아버지라는 점 때문이었다. 그런데도 유독 아Q만은 각별히 존중을 표할 마음이 없었다. '내 아들은 더 대단했을걸!' 그는 이렇게 생각하고 있었다. 게다가 몇 번 대처를 들락거린 일은 그의 자부심을 한층 강화시켜 주었다. 하지만 그는 대처 사람들까지 경멸하고 있었다. 가령 길이 석 자, 두께 세 치 판자로 만든 걸상을 웨이좡에선 '창덩'長凳이라 부르는데 그도 '창덩'이라 불렀다. 그런데 이걸 대처 사람들은 '탸오덩'條凳이라 불렀다. 그 생각에 이는 틀린 것이며 가소로운 일이었다. 생선튀김을 할 때 웨이좡에선 길이 반 치 정도의 파를 얹는데 대처에선 잘게 썬 파를 얹었다. 그 생각엔 이것도 돼먹지 못한 것이며 가소로운 일이었다. 하지만 웨이좡 것들이야말로 세상을 모르는 가소로운 촌놈들로 대처의 생선튀김은 구경조차 못 했다는 거였다.

아Q는 '한때는 대단했고' 견식도 높았으며 게다가 '진정한 일꾼'이니 제대로라면 거의 '완벽한 인간'이 되어야 했다. 안타깝게도 그에겐 약간의 체질상의 결함이 있었다. 제일 큰 근심거리는 머리 군데군데 언제 생겼는지도 모르는 부스럼 자국이었다. 이 역시 그의 신체의 일부이긴 하나, 아Q의 생각엔, 자랑할 만한 것은 못 되었다. '부스럼'이란 말뿐 아니라 '부스' 비슷한 발음조차 꺼려하고 있었으니 말이다. 그 뒤론 그것이 점점 확대되어 '훤하다'도 꺼려했고 '밝다'도 꺼려했다. 마침내 '등불'이나 '촛불'까지 금기시하게 되었다. 이 금기를 범하는 자가 있으면 고의든 아니든 부스럼 자국까지 새빨개질 정도로 화를 내는 것이었다. 상대를 어림잡아 보아서 어눌한 자 같으면 욕을 퍼부어 주었고 약골 같아 보이면 두들겨 패주었다. 하지만 당하는 쪽은 늘 아Q였다. 그리하여 대개 노려보는 쪽으로 점차 전략을 바꾸기에 이르렀다.

그런데 누가 알았으랴, 아Q가 노려보기주의主義를 채택한 이후 웨이좡 건달들이 더욱 그를 놀려 댈 줄을. 그를 보기만 하면 짐짓 놀라는 체하며 이렇게 너스레를 떠는 것이었다.

"어이쿠, 훤하시구먼."

그러면 아Q는 으레 화를 내며 노려보는 것이었다.

"그러고 보니 보안등이 여기 있었네그려!" 그들은 전혀 두려워하지 않았다.

아Q는 하는 수 없이 복수의 언어를 찾지 않으면 안 되었다.

"네깟 놈이야……." 이때 그는 마치 자기 머리에 있는 것이 고상하고 영광스런 부스럼 자국이지 평범한 부스럼 자국은 아니라는 식이었다. 그런데 앞서 말한 바와 같이 아Q는 높은 견식의 소유자였으므로 그것이 '금기'에 저촉된다는 걸 모를 리가 없었다. 그리하여 이내 입을 다물어 버렸다.

건달은 이에 그치지 않고 더 짓궂게 굴었다. 끝내 주먹다짐이 오가기에 이르렀다. 형식적으로 보면 아Q는 패배했다. 놈이 아Q의 누런 변발을 휘어잡고 너덧 번 벽에다 머리를 쾅쾅 찧고 나서 만족스러운 듯 의기양양하게 가 버렸으니 말이다. 아Q는 잠시 서서 생각했다. '아들놈한테 언어맞은 걸로 치지 뭐. 요즘 세상은 돼먹지가 않았어…….' 그러고는 그도 흡족해하며 승리의 발걸음을 옮겼다.

아Q는 속에 있는 생각을 매번 뒤에 가서 내뱉었다. 그래서 아Q를 놀려 대는 자들 거의 전부가 그에게 일종의 정신승리법이 있다는 것을 알게 되었다. 그 뒤 그의 누런 변발을 낚아챌 때는 아예 이렇게 못 박아 두는 것이었다.

"아Q, 이건 자식이 애비를 때리는 게 아니라 사람이 짐승을 때리는 거야. 네 입으로 말해 봐! 사람이 짐승을 때리는 거라고!"

아Q는 양손으로 변발 밑둥을 틀어쥐고는 머리를 뒤틀며 말했다.

"너는 버러지를 때리는 거야, 그럼 됐지? 나는 버러지야. 이래도 안 놔?"

버러지라고 해도 건달은 놓아주는 법이 없었다. 늘 그래 왔던 대로 가까운 데 아무 데다 대고 몇 번 머리를 쾅쾅 찧고 나서야 만족하여 의기양양하게 가 버리는 거였다. 이번에야말로 아Q도 꼼짝 못하겠지 하면서 말이다. 하지만 십 초도 안 되어 아Q도 흡족해하며 승리의 발걸음을 옮기는 것이었다. 그는 자기야말로 자기를 경멸할 수 있는 제일인자라고 생각하고 있었다. '자기 경멸'이란 말을 제외하면 남는 건 '제일인자'였다. '장원급제'한 자도 '제일인자'가 아닌가? "네깟 놈이 뭐라고!?"

아Q는 갖가지 묘수로 원수들을 물리친 뒤 유쾌한 마음으로 술집으로 달려가 몇 잔 술을 들이켰다. 그러고는 또 한바탕 놀림에 한바탕 입씨름을 벌이다가 다시 의기양양해져 유쾌한 발걸음으로 사당에 돌아와 벌렁 자빠져 곯아떨어졌다. 혹여 돈이라도 생기면 노름판으로 달려갔다. 아Q는 땀을 뻘뻘 흘리며, 땅바닥에 종종거리고 있는 무리

가운데로 끼어들었다. 목소리로 따지면 그가 제일 높았다.

"청룡에 사백!"

"자아~ 엽~니다요." 패잡이가 야바위 잔 뚜껑을 열면서 땀에 젖은 얼굴로 읊어 댔다. "천문天門이로세~. 각角은 텄고요~! 인人과 천당穿堂은 아무도 안 걸었고요~! 아Q 돈은 내가 먹어부렀어~!"

"천당에 백, 아냐, 백오십!"

아Q의 동전은 노랫가락에 실려 다른 이의 땀에 절은 허리춤으로 흘러 들어갔다. 마침내 뒷전으로 밀려나 남들 패에 마음을 조이며 막판까지 자리를 지켰다. 그러고는 연연해하며 사당으로 돌아갔던 것이다. 그리고 또 다음 날은 시뻘건 눈으로 일을 나가는 것이었다.

'인간만사 새옹지마'라 했던가. 불행히도 아Q는 한 판 대박을 터뜨리고도 도리어 낭패를 보고 말았다.

그날은 웨이좡 마을 제삿날 밤이었다. 이날 밤은 관례대로 무대가 설치되었고 그 주변으로 늘 그랬듯 여기저기서 도박판이 벌어졌다. 굿판의 징소리 북소리도 아Q의 귀엔 십 리 밖 일이었다. 그의 귀엔 오직 패잡이의 가락소리밖에 들리지 않았다. 그는 따고 또 땄다. 동전이 은전이 되고 작은 은전은 큰 은전이 되어 수북이 더미를 이루었다. 그는 신바람이 났다.

"천문에 두 냥!"

누가 누구와 무슨 일로 싸움을 벌였는지 모르겠지만 욕지거리에 주먹이 오가는 소리, 후다닥 하는 소리가 뒤섞이며 일대 혼란이 벌어졌다. 그가 간신히 기어 일어났을 때는 노름판도 보이지 않았고 사람들도 보이지 않았다. 몸 몇 군데가 쑤셨다. 아무래도 주먹질과 발길질 세례를 당한 듯했다. 몇 사람이 고개를 갸웃거리며 그를 쳐다보았다. 그는 넋 나간 듯 사당으로 돌아왔다. 은화 무더기는 온데간데없이 사라졌다. 노름꾼들 대부분은 이 마을 사람들이 아니었다. 그러니 어딜 가서 그걸 찾는단 말인가?

은전 무더기가 번쩍거렸는데! 모두 자기 거였는데, 하나도 보이지가 않다니! 아들놈이 가져간 셈 치지 뭐 해보아도 여전히 마음이 개운치 않았다. 스스로 버려라 말해 보아도 역시 마음이 개운치 않았다. 이번만은 그도 얼마간 실패의 고통을 맛보았다.

그래도 그는 이내 패배를 승리로 전환시켰다. 그는 오른손을 들어 두세 번 자기 뺨을 힘껏 때렸다. 제법 얼얼하니 통증이 왔다. 그러고 나니 마음이 평안해지기 시작했다. 마치 자기가 때리고 다른 자기가 맞은 듯했다. 이윽고 자기가 남을 때린 것처럼——아직 얼얼했지만——흡족해져 의기양양한 기분으로 드러누웠다.

이내 잠이 들고 말았다.

제3장 승리의 기록(속편)

아Q가 항상 승리를 구가하긴 했지만, 그가 유명해진 건 자오 나리에게 따귀를 얻어맞고 난 뒤의 일이었다.

마을 지보에게 이백 푼 술값을 치르고 나서 홧김에 드러누운 뒤 이런 생각을 했던 것이다. '요즘 세상은 개판이야. 자식놈이 애비를 때리질 않나⋯⋯.' 그리하여 홀연 자오 나리의 위풍당당한 모습을 떠올린 것이다. 이제 자오 나리가 그의 자식이 된 것이다. 그러자 점점 의기양양해져 「청상과부 성묘 가네」라는 노래를 흥얼거리며 술집으로 갔다. 그때 그는 자오 나리가 남보다 훨씬 더 고상한 사람으로 느껴졌던 것이다.

신기하게도 이 일이 있고 난 뒤 모두가 각별히 그를 존경하는 것 같았다. 아Q로서는 자기가 자오 나리의 부친이기 때문이라고 생각했는지는 모르겠지만 실은 그렇지가 않았다. 웨이좡에선 칠성이가 용팔이를 쥐어박았다거나 삼돌이가 삼식이를 주워 팬 정도는 무슨 일 축에도 끼지 못했다. 자오 나리 같은 유명인사가 연관되어야 비로소 사람들 입에 오르내리는 것이었다. 일단 입에 오르내리면 때린 자가 유명인사여서 맞은 자도 덩달아 유명해졌다. 잘못이 아Q에게 있었다는 건 말할 필요가 없었다. 왜냐? 자오 나리에게 잘못이 있을 리 만무하기 때문이다. 그렇다면 잘못이 있는데도 왜 사람들은 그를 각별히 존경할까? 이는 그야말로 난해한 문제였다. 곰곰이 생각해 보면 이런 것이었는지도 모른다. 아Q가 자오 나리와 일가라고 한 걸 보면, 비록 언어맞긴 했지만 어쩌면 정말일지도 모른다. 그러니 존경해 두는 것이 더 나을 거야. 그게 아니라면 이런 이치일 것이다. 공자 사당에 제물로 바친 소는 돼지나 염소 같은 축생에 지나지 않지만 성인이 젓가락질을 한 것이니 유자儒者들도 감히 함부로 건드릴 수가 없지.

그 뒤 여러 해 동안 아Q의 어깨엔 잔뜩 힘이 들어가 있었다.

어느 해 봄 그가 얼큰히 취해 길을 걷고 있는데, 양지 바른 담 밑에서 왕ㅍ 털보가 웃통을 벗고 이를 잡고 있는 모습이 눈에 들어왔다. 그는 갑자기 몸이 가려웠다. 왕 털보는 부스럼 자국에다 수염이 많아 왕 부스럼털보라 불렸는데 아Q는 거기서 부스럼을 떼내어 버렸다. 하지만 몹시 경멸하고 있었다. 아Q의 생각에 부스럼 자국은 이상하달 것도 없지만 그 덥수룩한 수염은 아주 꼴불견이라는 거였다. 그는 나란히 앉았다. 다른 건달이었다면 감히 엄두도 못 낼 일이었다. 왕 털보 정도야 뭐가 무서웠으리. 솔직히 말하자면, 그가 앉아 준 것만으로도 그를 띄워 준 격이었다.

아Q도 누더기가 된 저고리를 벗어 까뒤집었다. 빨래를 한 지가 얼마 안 되어 그런지 아니면 찬찬히 살피지 못한 탓인지 오랜 시간을 들였건만 겨우 서너 마리밖에 잡지 못했다. 왕 털보를 보니, 한 마리, 또 한 마리, 두 마리, 세 마리 연신 입에 넣고 툭툭 깨물고 있었다.

처음엔 무척 실망스러웠지만 점점 약이 올랐다. 허접한 왕 털보가 저리 많은데 자기는 몇 마리밖에 되지 않으니 이 어찌 체통을 잃는 일이 아니겠는가! 한두 마리라도 큰 놈을 찾아내려 했지만 끝내 보이지 않았다. 가까스로 중치 한 마리를 잡아 두툼한 입술에 집어넣고는 있는 힘을 다해 깨물자 퍽 하고 소리가 났다. 그래도 왕 털보 것만은 못했다.

이때 그의 부스럼 자국이 벌겋게 달아올랐다. 옷을 땅바닥에 패대기치더니 침을 튀기며 소리를 질렀다.

"이 털복숭이야!"

"이 부스럼쟁이 개자식이 누굴 욕하고 자빠졌어?" 왕 털보는 경멀하듯 눈을 치켜뜨며 말했다.

이 무렵 아Q는 존경을 받는 몸인지라 한층 거드름을 피워 댔지만 싸움질에 익숙한 건달을 만나면 겁이 났다. 그런데 어쩐지 이번만은 용기가 솟구쳤다. 이 따위 털복숭이가 멋대로 지껄이게 놔둘 수는 없지 않은가?

"누군 누구야? 네놈이지." 그는 일어서서 양손을 허리춤에 괴고 말했다.

"너 뼈다귀가 근질거리지?" 왕 털보도 일어서서 옷을 걸치며 말했다.

아Q는 그가 내빼려는 줄 알고 달려들어 주먹을 한 방 날렸다. 주먹은 왕 털보의 몸에 닿기도 전에 어느새 그의 손아귀 속에 있었다. 휙 하니 그가 잡아채자 아Q는 비틀거렸다. 그러고는 이내 왕 털보에게 변발을 낚여 늘 그래 온 대로 벽에 머리를 찧기고 말았다.

"'군자는 말로 하지 손을 쓰지 않느니라'!" 아Q는 고개를 비틀며 말했다.

왕 털보는 군자는 아니었다. 전혀 아랑곳 않고 연거푸 다섯 번을 찧었다. 그러고 나서 힘껏 밀치는 바람에 아Q는 여섯 자나 나가떨어졌다. 그제서야 왕 털보는 만족해하며 가 버리는 거였다.

아Q의 기억으로는 이 일이 일생의 첫번째 굴욕이었다. 왜냐하면 왕 털보는 털복숭이라는 결점 때문에 지금껏 자기에게 놀림을 받았으면 받았지 자기를 놀리지는 못하였던 것이다. 더욱이 손찌검이라니 말도 안 되는 소리였다. 그런데 지금 그런 놈한테 손찌검을 당한 것이다. 실로 뜻밖의 일이었다. 세상의 풍문처럼 황제께서 과거를 폐지하자 수재와 거인擧人이 없어져 버렸고 그 탓으로 자오 가의 위신도 땅에 떨어지고 말았으니, 그래서 설마 놈이 자기를 깔보았단 말인가?

아Q는 어쩔 줄을 모른 채 우두커니 서 있었다.

저만치서 누군가가 오고 있었다. 그의 적이 또 나타난 것이다. 아Q가 제일 밥맛이라 여기던 첸 나리의 큰아들이었다. 전에 그는 대처에 있는 서양 학교에 들어가더니 무슨 까닭인지 다시 동양의 섬나라로 달음박질해 갔다. 반년 뒤 집으로 왔을 때는 다리도 쭉 뻗고 변발도 보이지 않았다. 그의 어머니는 열댓 번이나 대성통곡을 했고 그의 아내도 세 번씩이나 우물에 뛰어들었다. 그 뒤 그의 어머니는 가는 데마다 이런 말을 퍼뜨리고 다녔다. "그 변발은 술 취한 상태에서 나쁜 놈에게 잘리고 말았대요. 번듯한 관리가 될 법도 했건만, 이젠 머리가 자랄 때까지 기다릴 수밖에." 하지만 아Q는 믿으려 들지 않았다. 악착같이 그를 '가짜 양놈'이라 불렀고 또 '양코배기 앞잡이'라 불렀다. 그를 보기만 하면 뱃속에서 한바탕 욕지거리가 이는 것이었다.

특히나 아Q가 '깊이 증오하고 통절해 마지않는' 것은 그의 가짜 변발이었다. 변발이 가짜라면 사람 자격이 없는 거나 마찬가지였다. 그의 마누라가 네번째로 우물에 뛰어들지 않는 것도 제대로 된 여자는 아니었던 것이다.

그런 '가짜 양놈'이 다가왔다.

"까까머리. 당나귀……." 평소 아Q는 뱃속으로만 욕을 할 뿐 입밖으로 뱉는 법이 없었다. 그런데 이번만은 울화가 치밀고 앙갚음을 하고 싶었던 터라 자기도 모르게 욕이 새나오고 말았다.

뜻밖에 이 까까머리가 니스 칠을 한 지팡이 ——아Q는 이걸 상주 막대哭喪棒라 불렀다——를 들고 성큼성큼 다가오는 것이었다. 그 순간 아Q는 한 대 벌었구나 하면서 몸을 움츠리고 어깨를 세운 채 기다리고 있었다. 과연 딱 하는 소리와 함께 머리에 뭔가가 부딪힌 것 같았다.

"저놈한테 한 소리라니까요!" 아Q는 근방에 있던 아이를 가리키며 오리발을 내밀었다.

딱! 딱딱!

아Q의 기억으론 이것이 그 평생 두번째 굴욕이었다. 다행히 딱딱거리는 소리가 난 뒤 사건이 일단락된 듯해서 오히려 한결 마음이 후련한 느낌이었다. 게다가 조상 대대로 전해오는 '망각'이라는 보물이 효력을 발생하기 시작했다. 어기적거리며 술집 어귀에 이르렀을 땐 상당히 기분이 좋아져 있었다.

그런데 맞은편에서 정수암靜修庵의 젊은 비구니가 걸어오고 있는 것이었다. 평소 아Q는 그녀만 보면 침을 뱉으며 욕을 퍼부어 주고 싶었다. 하물며 굴욕을 당한 뒤가 아닌가? 갑자기 그 기억이 되살아나면서 적개심이 불타올랐다.

'오늘 왜 이리 재수가 없나 했더니 네 년을 만나려고 그랬나 봐!'

속으로 그는 이렇게 생각했다.

"캭! 퉤!"

비구니는 거들떠보지도 않고 고개를 숙인 채 걸음질만 하고 있었다. 그의 곁에 다가선 아Q는 갑자기 손을 뻗어 파르스름한 머리통을 쓰다듬으며 헤헤거리는 것이었다.

"까까머리! 얼른 돌아가, 중놈이 널 기다리고 있어……."

"왜 나한테 집적거리는 거야?" 비구니는 얼굴이 새빨개진 얼굴로 항변을 하고는 다시 잰걸음을 재촉했다.

술집에 있던 사람들이 배를 잡았다. 아Q는 자기의 공훈이 인정되는 걸 보고 한층 더 신바람이 났다.

"중놈은 걸떡거려도 되고 나는 안 된단 말이야?" 그녀의 볼을 꼬집으며 그가 말했다.

술집에 있던 사람들이 배를 잡았다. 아Q는 더욱더 의기양양해졌다. 구경꾼들에게 만족을 주기 위해 다시 힘껏 꼬집고 나서 풀어 주었다.

이 일전으로 왕 털보에게 당한 일도 잊고 가짜 양놈에게 당한 일도 말끔히 잊어버렸다. 오늘의 모든 '불운'을 앙갚음한 것 같았다. 게다가 신기하게도 딱딱 얻어맞았을 때보다 한결 몸이 가벼워져 훨훨 날아갈 것만 같았다.

"대代나 끊겨라, 이 아Q놈아!" 멀리서 비구니의 울음 섞인 목소리가 들려왔다.

"하하하!" 아Q는 득의에 가득 찬 웃음을 터뜨렸다.

"허허허!" 술집에 있던 사람들도 적잖이 득의에 찬 웃음을 터뜨렸다.

제4장 연애의 비극

이런 말이 있다. 어떤 유類의 승리자는 적이 범 같고 매 같기를 원하며 그래야만 승리의 환회를 만끽할 수 있다고. 가령 양이나 병아리 같으면 승리의 무료함만 느낄 뿐이라는 것이다. 또 어떤 유의 승리자는 모든 걸 정복한 뒤 죽을 자는 죽고 항복할 자는 항복하여 "신은 황공하고도 황공하옵게도 죽을 죄를 지었나이다"의 지경에 이르게 되면, 그에겐 이미 적도 없고 맞수도 없고 벗도 없이 홀로 고독하고 쓸쓸하고 적막하게 남게 되어 도리어 승리의 비애를 느낀다는 것이다. 하지만 우리의 아Q는 그런 약골이 아니었다. 그는 영원히 의기양양했다. 어쩌면 이 역시 중국의 정신문명이 전 지구상에서 가장 우수하다는 증거 중 하나인지도 모른다.

보라, 훨훨 날아갈 것만 같지 않은가!

하지만 이번 승리는 아무래도 좀 이상했다. 그는 한참을 훨훨 날아다니다가 훌쩍 사당으로 돌아왔다. 여느 때 같으면 자빠지자마자 코를 골았을 터였다. 그런데 누가 알았으랴. 이 밤, 좀처럼 눈이 감기지 않을 줄을. 엄지와 검지가 평소와 달리 이상하게 매끈거렸으니 말이다. 젊은 비구니 얼굴의 매끈거리는 뭔가가 그의 손가락에 눌어붙은 것일까? 아니면 손가락이 매끈거리도록 비구니의 얼굴을 쓰다듬었던 것일까?……

"대나 끊겨라, 이 아Q놈아!" 아Q의 귀에 이 말이 다시 울렸다. 그는 생각했다. 맞아, 여자가 있긴 있어야 해. 자손이 끊기면 누가 제

삿밥 한 그릇이라도 차려 주겠어…… 여자가 있어야 해. 무릇 '불효엔 세 가지가 있나니 후사 없음이 으뜸'이거늘, '약오若敖의 혼백이 굶어 죽는'다면 이는 인생의 크나큰 비애가 아닌가. 이런 생각은 성현의 말씀에도 여러모로 들어맞는 것이었다. 다만 애석한 건 뒤에 가서 '그 뒤 숭숭함을 수습키가 어렵다'는 점뿐이었다.

'여자, 여자!……' 그는 생각했다.

'…… 중놈도 껄떡거리는데…… 여자, 여자! …… 여자!' 그는 또 생각했다.

그날 밤 몇 시나 되어서야 아Q가 코를 골기 시작했는지 우리는 알 수가 없다. 하지만 이때부터 손가락 끝이 매끈거렸고 그리하여 이때부터 하늘거림이 있게 된 것만은 분명하다.

'여자……' 그는 생각했다.

이 일단만을 봐도 우리는 여자가 사람을 해치는 존재임을 알 수 있다.

본래 중국의 남자 대부분은 성현이 될 수 있었지만, 애석하게도 죄다 여자 때문에 망가지고 말았다. 상商나라는 달기妲己 때문에 망했고, 주周나라는 포사褒姒 때문에 허물어졌다. 진秦나라는…… 역사에 기록은 없지만 여자 때문이라 가정해도 그리 틀린 말은 아니다. 그리고 동탁董卓은 분명 초선貂蟬에게 죽임을 당했다.

아Q는 원래 바른 사람이었다. 어떤 훌륭한 스승의 가르침을 받았는지 모르겠지만, '남녀유별'에 관해서는 지금껏 매우 엄격했고 이단——이를테면 비구니나 가짜 양놈 따위——을 배척하는 기개도 있었다. 그의 학설은 이런 것이었다. 모든 비구니는 반드시 중놈과 사통을 하게 되어 있고, 여자가 바깥나들이를 하는 것은 반드시 남자를 유혹하려는 수작이며, 남자와 여자가 이야기를 나누면 반드시 무슨 꿍꿍이가 있다. 그래서 이들을 응징하기 위해 때론 노려보기도 하고 때론 큰소리로 '질타'하기도 하고 때론 뒤에서 돌팔매질을 하기도 했던 것이다.

그런 그가 '이립'而立의 나이를 앞두고 비구니로 인해 마음이 하늘거리게 될 줄 누가 알았으랴. 예교禮敎상 이 하늘거림은 아니 될 말이었다. 그래서 여자란 참으로 가증스런 존재인 것이다. 비구니의 얼굴이 매끈거리지만 않았다면 아Q가 넋을 빼앗길 일이 없었을 터이고, 또 비구니의 얼굴에 천이 한 장 덮여만 있었더라도 아Q가 넋을 빼앗길 일이 없었을 터였다. 오륙 년 전 연극을 구경하던 무리 속에서 그가 어떤 여자의 허벅지를 꼬집은 적이 있었는데, 그때는 바지가 한 층을 가려 주어 마음이 하늘거리는 일 같은 건 없었다. 그런데 비구니는 그렇지 않았다. 이 역시 이단의 가증스러움을 증명하기에 충분한 것이었다.

'여자……' 아Q는 생각했다.

그는 '분명 사내를 홀릴' 게 뻔한 여자에 대해선 늘 유심히 지켜보았다. 하지만 그녀가 그에게 꼬리를 치는 일은 없었다. 함께 이야기하는 여자에 대해서도 늘 유심히 귀 기울였다. 하지만 그녀 역시 무슨 추파를 던지지는 않았다. 아아, 이 역시 여자의 가증스런 일면이로다. 하나같이 '정경부인을 가장'하고 있다니.

그날 아Q는 하루 종일 자오 나리 댁에서 쌀을 찧었다. 저녁을 먹고 난 뒤 그는 부엌에 앉아 담배를 피우고 있었다. 다른 집 같으면 저녁을 먹고 나면 돌아가도 되겠지만 자오씨댁에선 저녁이 일렀다. 보통 땐 등을 못 켜게 해서 밥을 먹자마자 잠자리에 들지만, 어쩌다가 약간의 예외도 있었다. 그 하나는 아들이 수재 시험에 합격할 때까지 등불을 켜고 글을 읽게 한 것이고, 다른 하나는 아Q가 날품 일을 할 때 등불을 켜고 쌀을 찧도록 했던 것이다. 이런 예외로 인해 아Q는 쌀을 찧기 전에 부엌에 앉아 담배를 피우고 있었던 것이다.

자오 나리 댁의 유일한 하녀인 우吳 어멈이 설거지를 끝내고 걸상에 앉아 아Q에게 이야기를 걸어 왔다. "마나님이 이틀이나 진지를 안 드셨어. 나리께서 젊은 것을 사선……"

'여자…… 우 어멈 ……이 청상과부……' 아Q는 생각했다.

"젊은 마님은 8월에 아기를 낳으신대……"

'여자……' 아Q는 생각했다.

아Q는 담뱃대를 놓고 일어섰다.

"젊은 마님은……" 우 어멈의 말이 계속 이어졌다.

"너 나랑 자자. 나랑 자자구!" 아Q는 갑자기 달려들어 그녀 앞에 무릎을 꿇었다.

일순 정적이 흘렀다.

"으악!" 숨을 죽이고 있던 우 어멈이 갑자기 벌벌 떨면서 밖으로 뛰쳐나갔다. 나중엔 울먹임이 묻어 있는 듯했다.

아Q도 멍하니 벽을 향해 무릎을 꿇은 채 앉아 있었다. 이내 두 손을 빈 걸상에 짚고 천천히 일어섰다. 틀렸구나. 그는 황급히 담뱃대를 허리춤에 찌르고 일을 시작하려 했다. 팅 하는 소리와 함께 머리 위로 뭔가 둔탁한 것이 떨어졌다. 급히 뒤돌아보았더니 수재가 굵은 대나무 몽둥이를 들고 자기 앞에 서 있었다.

"간뎅이가 부어가지고…… 네 이놈……."

대나무 몽둥이가 다시 머리 위로 떨어졌다. 그는 두 손으로 머리를 감쌌다. 탁 하는 소리와 함께 손가락을 강타했다. 이건 정말 아팠다. 부엌문을 뛰쳐나오고 말았지만, 등짝에 또 한 대가 떨어진 것 같았다.

"육시랄 놈!" 수재는 등 위에서 표준어로 욕을 퍼부었다.

아Q는 방앗간으로 뛰어 들어가 우두커니 섰다. 손가락은 아직도 얼얼했고 "육시랄 놈!"이란 말이 아직도 귀를 쟁쟁거렸다. 이 말은 웨이좡 촌놈들은 쓰지 않고 오로지 관청의 높은 분들이나 쓰는 것이었으므로 유달리 겁이 났고 유달리 인상도 깊었다. 그런데 이때 그의 '여자……' 하는 생각도 없어지고 말았다. 게다가 푸닥거리를 당하고 난 뒤엔 이미 사건이 종결된 것 같아 도리어 개운함마저 들었다. 그래서 일을 시작할 수가 있었다. 한참 방아를 찧다가 땀이 차 손을 멈추고 웃통을 벗었다.

윗도리를 벗고 있는데 밖에서 왁자지껄한 소리가 들려왔다. 천성적으로 구경을 좋아하는 아Q는 소리 나는 쪽으로 나가 보았다. 소리를 따라가다 보니 어느새 자오 나리의 안마당에 이르게 되었다. 어둑했지만 그래도 사람들 윤곽은 분간할 만했다. 자오가의 식구들, 이틀이나 굵은 마나님도 거기 있었고, 이웃의 쩌우鄒씨댁 일곱째 며느리도 있었고, 진짜 일가인 자오바이옌趙白眼과 자오쓰천趙司晨도 있었다.

마침 젊은 마님이 우 어멈의 손을 끌고 뭐라 말을 건네며 방에서 나오던 중이었다.

"밖으로 나오게…… 내 방에 숨어 있지 말고……."

"자네 행실이 방정하단 걸 누가 모르겠나……. 속 좁은 짓일랑 제발 하지 말게." 쩌우씨댁 며느리도 옆에서 거들었다.

우 어멈은 그저 울기만 했다. 더러 말을 섞긴 했지만 분명히 들리진 않았다.

아Q는 생각했다. '홍, 재밌는데, 저 과부가 무슨 짓을 저지른 거지?' 그는 그게 알고 싶어 자오쓰천 옆으로 다가갔다. 이때 자오 나리가 그를 향해 달려오는 것이 순간적으로 눈에 들어왔다. 게다가 그의 손엔 굵직한 대나무 몽둥이가 들려 있었다. 그는 몽둥이를 보자 조금 전 자기가 얻어맞은 일이 이 소란과 연관이 있다는 것을 퍼뜩 알아차렸다. 그는 몸을 돌려 방앗간으로 달아나려 했지만 대나무 몽둥이가 그의 길을 가로막을 줄이야. 그래서 할 수 없이 다시 몸을 돌려 뒷문으로 내빼고 말았다. 얼마 뒤 그는 사당 안에 와 있었다.

가만히 앉아 있자니 소름이 돋고 한기가 일었다. 봄이라고는 하지만 밤엔 제법 한기가 남아 있어 웃통을 벗고 있을 수는 없었다. 윗도리를 자오씨 집에 두고 왔다는 걸 그도 알고 있었지만 가지러 가자니 수재의 몽둥이가 무서웠다. 그러고 있는데 지보가 들이닥쳤다.

"아Q, 이 개자식! 자오씨댁 하녀까지 집적거리다니, 이건 역모야. 덕분에 나까지 잠을 못 자게 됐잖아. 이 개자식아!……"

이러쿵저러쿵 그는 한바탕 설교를 퍼부었다. 아Q는 물론 할 말이 없었다. 마침내 심야라 하여 그에게 벌금을 배로 얹어 사백 푼을 지불해야 했다. 딱히 현금이 없었으므로 털모자를 잡히고 다섯 개 조항의 서약서까지 썼다.

1. 내일 홍촉―무게 한 근짜리―한 쌍에 향 한 봉지를 들고 자오씨 댁에 가서 사죄할 것.

2. 자오씨댁에서 도사를 불러 목맨 귀신을 쫓는 굿을 하는데, 그 비용은 아Q가 부담할 것.

3. 금후 아Q는 자오씨댁 문턱을 넘지 말 것.

4. 우 어멈에게 이후 또다시 일이 생기면 모두 아Q의 책임으로 함.

5. 아Q는 품삯과 윗도리를 달라는 요구를 하지 말 것.

아Q는 모두 승낙했지만 유감스럽게도 돈이 없었다. 다행히 때는 봄이어서 솜이불이 없어도 되는지라 그걸로 이천 푼을 잡히고 서약을 이행했다. 벌거벗은 몸으로 머리를 조아리고 사죄한 뒤에도 아직 몇 푼이 남았지만, 그걸로 잡힌 모자를 찾지 않고 몽땅 술을 마셔 버렸다. 그런데 자오씨댁에선 향과 홍촉을 피우지 않았다. 큰 마님이 불공드릴 때 쓰려고 남겨 두었기 때문이다. 누더기 윗도리는 대부분 젊은 마님이 8월에 낳게 될 아기의 기저귀가 되었다. 나머지 조각은 우 어멈의 헝겊신 깔창으로 쓰였다.

제5장 생계문제

사죄식이 끝난 뒤 아Q는 여느 때처럼 사당으로 돌아갔다. 해가 지자 점차 세상이 야릇하게 되어 가는 느낌이 들었다. 곰곰이 생각해 보니 원인은 웃통을 벗고 있는 데 있었다. 문득 누더기 여벌이 있다는 생각이 났다. 그래서 그걸 입고 벌렁 드러누웠다. 다시 눈을 떴을 때는 태양이 이미 서쪽 담장 위를 비추고 있었다. 몸을 일으키면서 그는 뇌까렸다. "씨팔⋯⋯."

일어난 뒤 그는 평소처럼 거리를 쏘다녔다. 알몸일 때처럼 살에는 추위는 없었지만, 점차 세상이 야릇하게 변해 간다는 것을 또다시 느꼈다. 이날부터 웨이좡 여인들이 갑자기 수줍음을 타는지 그가 오는 걸 보기만 하면 하나같이 대문 안으로 쏙 들어가 버리는 거였다. 심지어 오십이 가까운 쩌우씨댁 일곱째 며느리마저 남들마냥 호들갑을 떨어 대는 것이었다. 게다가 열한 살 먹은 딸을 불러들이기까지 했다. 아Q는 이상하단 생각이 들었다. 게다가 이런 생각이 들기까지 했다. '이것들이 갑자기 아씨 흉내를 내고 지랄이야. 이 화냥년들이⋯⋯.'

그런데 세상이 더욱 야릇해져 간다는 걸 느낀 건 제법 여러 날이 지난 뒤의 일이었다. 그 하나는 술집에서 외상을 주질 않는다는 것, 둘째는 사당을 관리하는 영감탱이가 나가 달라는 듯 쓸데없는 잔소리를 늘어놓는다는 것, 셋째는 며칠째 되는지 기억이 분명친 않지만 꽤 여러 날 동안 날품 일을 부탁하러 오는 집이 없다는 것이었다. 술집에서 외상을 안 준다면야 참으면 그만이었다. 영감탱이가 윽박지른다 해도 그래 짖으라 하고 내버려 두면 될 일이었다. 하지만 아무도 그에게 일을 시키지 않는 건 좀 심각했다. 이건 그의 배를 곯게 만드는 일이었다. 이것만은 정말 "씨팔" 할 일이었다.

아Q는 도저히 견딜 수가 없어 옛 단골들을 찾아다니며 물어보는 수밖에 없었다. 그래도 자오씨댁 문턱만은 넘을 수가 없었다. 하지만 상황이 일변해 있었다. 하나같이 사내가 나와 귀찮다는 얼굴로 거지를 내쫓듯 손사래를 치는 거였다.

"없어, 없어! 꺼져!"

아Q는 더욱 이상하다는 생각이 들었다. 이들 집에 지금껏 날품일이 없었던 적은 없었다. 이제 와서 갑자기 일이 없어질 리가 없다. 여기엔 반드시 뭔가 곡절이 있는 게 틀림없다. 이리저리 수소문을 해본 결과 그 내막을 알게 되었다. 일감이 있으면 애송이 Don에게 시킨다는 걸 알게 되었다. 이 애송이D는 빼빼 말라빠진 게 아Q의 눈엔 왕털보보다 한 수 아래였다. 그런데 이 애송이가 그의 밥줄을 낚아챌 줄 누가 알았으랴. 따라서 아Q의 분노는 평상시와는 사뭇 달랐다. 너무 열을 받아 길을 가면서 돌연 손을 뒤흔들며 소리를 뽑아 댈 정도였다.

"쇠 채찍을 움켜쥐고 네놈을 후려치리라!……"

며칠 뒤 그는 첸씨댁 담벼락 앞에서 애송이D와 맞닥뜨렸다. "원수는 외나무다리에서 만나는 법." 아Q가 다가서자 애송이D도 멈춰 섰다.

"짐승 같은 놈!" 아Q는 눈을 부릅뜨며 말했다. 입가에서 침이 튀었다.

"나는 버러지야, 됐어?……" 애송이D가 말했다.

이 겸손이 도리어 아Q의 분노를 부채질했다. 하지만 그의 손엔 쇠 채찍이 없었으니 달려들어 변발을 낚아채는 수밖에 없었다. 애송이D는 한손으로 변발 밑둥을 꽉 움켜쥐면서 다른 한손으론 아Q의 변발을 낚아챘다. 아Q도 놀고 있는 한 손으로 자기 변발 밑둥을 움켜쥐었다. 왕년의 아Q라면 애송이D쯤은 식은 죽 먹기였다. 하지만 요즘 배를 곯아 애송이D 못지않게 말라서 어금지금 백중세가 되고 말았다. 네 개의 손이 두 개의 머리를 움켜쥐고는 허리를 구부리며 첸씨댁 담벼락에 푸른 무지개를 만들어 냈다. 그런 모양새가 반 시간이나 이어졌다.

"됐다, 됐어!" 구경꾼들이 끼어들었다. 말릴 셈이었으리라.

"잘한다, 잘해!" 구경꾼들이 끼어들었다. 그런데 이건 말리려는 건지 칭찬을 하는 건지 부채질을 하는 건지 종잡기가 어려웠다.

그러나 둘 다 소심줄이었다. 아Q가 삼보 전진하면 애송이D는 삼보 후퇴해서 버텨 섰다. 애송이D가 삼보 전진하면 아Q는 삼보 후퇴해서 또 버텨 섰다. 얼추 반 시간──웨이좡엔 자명종이 없어 딱히 얼마라고 말하긴 어렵다. 어쩌면 이십 분 정도였을지도──이나 지났을까, 둘의 머리에서 김이 솟고 이마에선 땀이 쏟아졌다. 아Q의 손이 늦춰지자 그 순간 애송이D의 손도 늦춰졌다. 둘은 동시에 몸을 세우고는 동시에 떨어져 인파 속을 헤집고 나갔다.

"두고 보자. 씨팔놈……." 아Q가 고개를 돌리며 말했다.

"씨팔놈, 두고 보자고……." 애송이D도 고개를 돌려 되받았다.

한바탕의 '용호상박'은 무승부처럼 보였다. 구경꾼들이 만족했는지 어떤지는 알 수가 없다. 아무도 거기에 대해 토를 달지 않았으니 말이다. 그러나 아Q에게 날품 일을 시키려 드는 집은 여전히 없었다.

어느 포근한 날이었다. 살랑대는 미풍이 제법 여름 기운을 느끼게 했지만 아Q는 추웠다. 그래도 이건 견딜 만했다. 제일 힘든 건 배고픔이었다. 이불과 털모자, 홑옷은 없어진 지 오래였다. 그다음엔 솜옷도 팔아먹었다. 이제 바지밖에 남지 않았지만 이것만은 절대 벗을 수가 없었다. 누더기 겹옷이 있긴 했지만 누구에게 주어 신발 깔창이라도 하라고 하면 모를까 팔아서 돈이 될 주제는 아니었다. 길에서 돈이라도 주웠으면 했지만 지금껏 눈에 띈 적이 없다. 다 쓰러져 가는 자기 집 어딘가에 돈이 떨어져 있지나 않을까 얼른 둘러보기도 했지만 집 안은 아주 말끔했다. 그리하여 밖으로 나가 구걸을 하기로 마음을 먹었다.

길을 걸으며 '밥을 빌어먹'을 요량이었다. 낯익은 술집이 눈에 들어왔다. 낯익은 만터우饅頭 집도 눈에 들어왔다. 하지만 모두 지나쳤다. 잠시 멈춰 서지도 않았을뿐더러 그럴 마음도 없었다. 그가 바라는 건 그런 것이 아니었다. 그럼 무엇이었을까. 그 자신도 알지 못했다.

웨이쫭은 큰 마을이 아니어서 조금만 가도 마을 끝이었다. 마을을 벗어나면 대부분 논으로 온통 갓 파종한 모가 파릇파릇했다. 그 사이 점점이 둥그렇게 움직이고 있는 까만 점은 밭을 가는 농부들이었다. 아Q는 이런 전원생활의 즐거움을 감상할 여력도 없이 그저 걷기만 했다. 이것이 '밥을 빌어먹는' 길과 거리가 한참 멀다는 것을 직관으로 알고 있었다. 마침내 그는 정수암 담장 밖에 이르렀다.

암자 주변도 논이었다. 신록 가운데 흰 담장이 돌출되어 있었고 뒤편 나직한 토담 안쪽으로는 채마밭이었다. 아Q는 잠시 머뭇거렸다. 사방을 둘러보았지만 아무도 없었다. 그는 낮은 담장을 기어 올라가 하수오何首烏 넝쿨을 부여잡았다. 담장의 진흙이 풀풀 떨어졌고 아Q의 다리도 덜덜 떨렸다. 마침내 뽕나무 가지를 타고 담장 안으로 뛰어내렸다. 안은 그야말로 푸르른 신록이었다. 그러나 황주나 만터우, 그 밖에 먹을 만한 건 아무것도 없는 듯했다. 서편 담을 따라 대숲이 있었고 그 아래 죽순이 우거져 있었지만 유감스럽게도 삶은 것이 아니었다. 유채도 있었지만 벌써 씨가 차 있었다. 갓은 이미 꽃이 피었고 봄배추에도 장다리가 돋아 있었다.

아Q는 마치 과거에 낙방한 문동처럼 억울한 생각이 들었다. 그는 밭으로 난 문으로 천천히 다가갔다. 갑자기 얼굴에서 빛이 났다. 분명 무밭이었다. 그는 쪼그리고 앉아 무를 뽑았다. 그때 문 안에서 동그란 머리통 하나가 쑥 나오더니 쏙 들어가 버렸다. 비구니임에 분명했다. 비구니 따윈 아Q의 눈엔 새발의 피였다. 허나 세상이란 '한 걸음 물러나 생각해' 보아야 했다. 그래서 급히 무 네 개를 뽑아 잎을 비틀어 낸 뒤 윗도리 속에 숨겼다. 그러나 늙은 비구니가 벌써 나와 있었다.

"나무아미타불, 아Q, 어째서 채마밭에 들어와 무를 훔치는고!…… 아아, 죄악이로다, 아흐, 나무아미타불!……"

"내가 언제 당신네 밭에 들어와 무를 훔쳤어?" 아Q는 힐끔힐끔 달아나며 말했다.

"지금…… 그건 뭐야?" 늙은 비구니가 그의 품속을 가리켰다.

"이게 당신 거라고? 당신이 부르면 무가 대답이라도 한대? 당신……"

아Q는 말을 맺지도 못하고 줄행랑을 쳤다. 커다란 덩치의 검정 개가 쫓아오고 있었기 때문이다. 본래 문 앞에 있던 놈인데 어째서 뒤뜰까지 왔단 말인가. 검둥이는 으르렁대며 쫓아와 아Q의 다리를 물어뜯을 태세였다. 다행히 품속에서 떨어진 무 하나가 그놈을 놀래켜 잠시 주춤하게 만들었다. 이 틈을 놓칠세라 아Q는 뽕나무를 타고 토담 위를 기어올라 무와 함께 담장 밖으로 굴러떨어졌다. 뽕나무를 향해 짖어 대는 소리와 염불 소리만이 낭랑했다.

아Q는 비구니가 다시 검둥이를 풀어놓지 않을까 두려워 무를 주워들고 뛰기 시작했다. 뛰면서 돌멩이 몇 개를 주워 챙겼지만 검둥이는 다시 나타나지 않았다. 그리하여 아Q는 돌멩이를 버리고 길을 걸으며 무를 먹기 시작했다. 그러면서 생각했다. '여기도 찾을 게 아무것도 없구나. 대처로 가는 게 더 낫겠어……'

무 세 개를 다 먹었을 때에는 이미 대처로 나갈 결심이 굳어 있었다.

제6장 성공에서 말로까지

웨이좡에 아Q가 다시 출현한 것은 추석이 막 지난 뒤였다. 그가 돌아왔다는 말에 사람들은 깜짝 놀랐다. 그러고는 그의 행적에 대해 새삼

수군대는 것이었다. 예전 아Q가 몇 번 대처 나들이를 할 때에는 대개 미리 신이 나서 허풍을 떨어 대곤 했다. 그런데 이번에는 그러질 않았다. 그래서 아무도 그에게 마음을 두지 않았던 것이다. 혹시 사당을 관리하는 영감에게 털어놓았을지도 모를 일이었다. 하지만 웨이좡의 관례대로라면 자오 나리, 첸 나리, 수재 도령 정도가 대처 나들이를 해야 화제가 되었다. 가짜 양놈도 그 축에 끼지 못했으니 하물며 아Q야 말해 무엇하겠는가. 그래서 영감도 떠벌리지 않았고, 그리하여 웨이좡 사회도 알 길이 없었던 것이다.

하지만 아Q의 이번 귀환은 예전과는 완전히 달랐다. 분명 놀랄 만한 가치가 있었던 것이다. 날이 이슥할 무렵 그는 게슴츠레한 눈으로 주점 문앞에 나타났다. 그는 술청으로 걸어가 허리춤에서 손을 빼내 은전과 동전 한 줌을 던지면서 이러는 거였다. "현금 박치기야. 술 가져와!" 걸치고 있는 옷도 새 옷이었으려니와 허리춤에 늘어뜨린 커다란 주머니 속의 무언가가 허리띠를 축 처지게 만들었다. 웨이좡의 관례는 이목을 끄는 사람을 만나면 그를 경멸하기보다는 존경했다. 상대가 아Q임은 분명했으나 누더기를 걸치고 있던 아Q와는 딴판이었고, 옛사람 말에 "선비는 사흘만 떨어져 있어도 괄목상대한다"고 했으니 점원, 주인, 손님, 길 가던 사람 모두가 의심 어린 존경을 표했던 것이다. 주인장이 먼저 고개를 까딱이며 말을 걸었다.

"허허! 아Q, 자네 돌아왔구만!"

"돌아왔지."

"한밑천 잡았군, 잡았어. 자네…… 어디서……."

"대처 생활을 좀 했지!"

이 소문은 이튿날 웨이쫭 전역에 쫙 퍼졌다. 사람들은 현찰과 번 듯한 옷을 걸친 아Q가 어떻게 성공했는지를 알고 싶어 했다. 그래서 주점에서, 차관에서, 사당 처마 밑에서 야금야금 그 정보를 탐문했다. 그 결과 아Q는 새로운 존경을 얻게 되었다.

아Q의 말에 의하면, 그는 거인 나리의 집에서 일을 거들었다는 거였다. 이 대목에서 모두 숙연해졌다. 이 나리는 성이 바이白씨지만 대처를 통틀어 유일한 거인이었으므로 성을 붙일 필요도 없었다. 그 냥 거인이라 하면 그를 지칭하는 것이었다. 웨이쫭에서뿐 아니라 사 방 백 리 내에서 모두 그랬다. 거의 대부분 사람들이 그의 성명을 거인 나리로 알고 있었다. 그런 사람 댁에서 일을 거들었다는 것이 존경받 는 건 당연했다. 그런데 아Q의 또 다른 말에 의하면, 이제 두 번 다시 그놈의 집구석에 발걸음을 하지 않겠다는 거였다. 까닭인즉슨 이 거 인이란 작자가 대단한 '씨팔놈'이기 때문이라 했다. 이 대목에서 모두 탄식을 하면서 통쾌해했다. 그도 그럴 것이 아Q는 거인 나리 댁에서 일을 거들 만한 위인이 못 되지만 일을 하러 가지 않는다는 건 애석한 일이었기 때문이다.

아Q의 말에 의하면, 그의 귀환은 대처 사람들에 대한 불만도 한 몫을 한 것 같았다. 그건 다름 아닌 그들이 '창덩'을 '탸오덩'이라 부른 다든가, 생선튀김에 잘게 썬 파를 곁들인다든가, 그 밖에 최근 관찰을 통해 발견한 결점으로 여자가 걸을 때에 엉덩이를 흔드는 것이 도대 체 돼먹지가 않다는 이유 때문이었다. 그러나 어쩌다가 크게 탄복할 만한 점도 없진 않았다. 이를테면 웨이좡 사람들은 서른두 장짜리 죽패 놀이밖에 할 줄 모르고 '마장'麻醬[3]을 할 줄 아는 것도 가짜 양놈밖에 없는데, 대처에선 열댓 살 조무래기들까지도 그 정돈 예사라는 거였다. 가짜 양놈 따위는 대처의 열댓 살 조무래기들 손에 놓아두면 '새끼 귀신이 염라대왕을 알현하는' 꼴이라는 거였다. 이 대목에서 모두 낯을 붉혔다.

"자네들 목 자르는 거 본 적 있어?" 아Q가 말했다. "햐, 굉장해. 혁명당원 목을 날리는 거야. 음, 정말 굉장해, 굉장하지……." 그는 고개를 저으며 바로 맞은편에 있는 자오쓰천의 얼굴에 침을 튀겼다. 이 대목에서 모두 섬뜩했다. 그런데 그가 사방을 둘러보더니 갑자기 오른손을 쳐들고는 목을 빼고 이야기에 빠져 있는 왕 털보 뒷덜미를 향해 곧장 내리쳤다.

"싹둑!"

왕 털보는 화들짝 놀라면서 전광석화처럼 목을 움츠렸다. 듣고 있던 사람 모두가 오싹하면서도 재밌어 했다. 이로부터 왕 털보는 며칠 동안 머리가 어질거렸다. 그리하여 더 이상 아Q 곁에 좀체 가려 하질 않았다. 다른 사람들도 마찬가지였다.

이때 웨이좡 사람들 눈에 비친 아Q의 지위는 자오 나리를 넘어선다고 할 수는 없었지만 거의 동렬이라 해도 과언이 아니었다.

얼마 되지 않아 아Q의 명성은 웨이좡의 규방 구석구석까지 퍼졌다. 웨이좡에서 대저택이라고 해야 자오 집안과 첸 집안뿐 나머지 십중팔구는 보잘것없는 집들이었지만, 어쨌거나 규방은 규방이었다. 그러니 이 역시 신기한 사건이라 할 만했던 것이다. 여인네들은 만나기만 하면 수군댔다. 쩌우씨댁 일곱째 며느리가 아Q한테서 쪽빛 치마를 샀대. 낡긴 낡았는데 단돈 구십 전이래. 또 자오바이옌의 모친 ─ 일설에는 자오쓰천의 모친이라고도 하는데 고증을 요함 ─ 도 아이에게 입힐 빨간 옥양목 홑옷을 샀대. 칠할 정도가 신품인데 삼백 푼도 안 된다는 거야. 그리하여 여인네들은 눈이 빠지게 아Q를 만나고 싶어 했다. 비단치마가 없는 자는 비단치마를, 옥양목 홑옷이 필요한 사람은 옥양목 홑옷을 사고 싶어 했다. 이제는 그를 만나도 도망치지 않았고 더러 지나가는 아Q를 쫓아가 불러 세운 뒤 이렇게 묻기까지 했다.

"아Q, 비단치마 아직도 있어? 없다고? 옥양목 홑옷도 필요한데 있겠지?"

이 소문은 마침내 저잣거리로부터 대저택에까지 전해졌다. 쩌우씨댁 며느리가 너무나 기쁜 나머지 자기가 산 비단치마를 자오 마님에게 보이러 갔고, 자오 마님은 그걸 또 자오 나리에게 이야기하며 대단한 거라고 찬사를 늘어놓았기 때문이었다. 이리하여 자오 나리는 저녁 밥상머리에서 수재 도령과 의논을 하기에 이르렀다. 아무래도 아Q란 놈이 좀 수상하다, 그러니 문단속을 단단히 하는 게 좋겠다, 그래도 그의 물건 가운데 살 만한 게 있을지 모르겠다, 어쩌면 좋은 물건이 있을지도 모른다 등등이었다. 게다가 자오 마님이 마침 값싸고 질 좋은 모피저고리 하나를 마련하려던 참이었다. 이리하여 가족회의 결과에 따라 쩌우씨댁 며느리더러 즉각 아Q를 찾아 데려오도록 했다.

게다가 이를 위해 제3의 예외조항을 만들어 그날 밤만은 특별히 등불을 밝히기로 결정을 내렸던 것이다.

등불의 기름이 말라 가는데도 아Q는 아직 오지 않았다. 자오가의 식구들 모두가 초조해졌다. 하품을 하기도 하고 아Q가 너무 건방지다고 미워하기도 하고 쩌우씨댁 며느리가 느려 터졌다고 탓하기도 했다. 자오 마님은 봄날 밤 그 일을 걱정했고, 자오 나리는 걱정할 필요가 없다고 했다. '이 몸'이 그를 불렀기 때문이라 했다. 과연 자오 나리의 통찰은 대단했다. 마침내 아Q가 쩌우씨댁 며느리를 따라 들어왔던 것이다.

"그저 없다 없다고만 하네요. 직접 말씀드리라 해도 저리 뻗대기만 하니 원, 저는…….". 쩌우씨댁 며느리는 숨을 헐떡이고 들어오면서 말했다.

"나리!" 아Q는 웃는 듯 마는 듯 한 표정을 지으며 한 마디를 뱉고는 처마 밑에 멈춰 섰다.

"아Q, 듣자 하니 외지에서 돈을 좀 모았다지." 자오 나리가 성큼 다가와 눈으로 몸을 훑으며 말했다. "잘됐군, 잘됐어. 그런데…… 듣자 하니 낡은 물건들이 있다던데…… 가져와서 좀 보여 주겠나…… 다른 게 아니고, 내가 좀 필요한 게 있어서…….".

"쩌우댁에게 말했습지요. 다 팔렸습니다."

"다 팔렸다고?" 자오 나리의 입에서 자기도 모르게 말이 나왔다. "그리 빨리 팔릴 리가?"

"친구 거였는데 원래 많지도 않은 데다 모두 사가지고들…….".

"그래도 조금은 남아 있겠지."

"지금은 문에 치는 발 하나만 남았습니다."

"그럼 그거라도 가져와 보게." 자오 마님이 급히 일렀다.

"그렇다면 내일 가져와도 되네." 자오 나리는 열이 식어 있었다.
"아Q, 앞으로 물건이 생기거든 우리한테 먼저 보여 주게……."

"값은 다른 집보다 섭섭지 않게 쳐줌세!" 수재가 말했다. 수재의
처는 아Q의 얼굴을 살폈다. 마음이 동하는지 어떤지를 보기 위해서
였다.

"나는 모피저고리가 하나 필요하네." 자오 마님이 말했다.

아Q는 그러겠노라 했지만 엉기적거리고 나가는 품새가 마음을
놓아도 좋을지 어떨지 종잡을 수 없었다. 이 일이 자오 나리를 실망케
했다. 분개하고 우려하느라 하품까지 멈출 정도였다. 수재도 아Q의
이런 태도가 마뜩지 않았다. 그래서 저 배은망덕한 놈을 조심해야 한
다, 지보에게 분부하여 저놈을 웨이좡에서 살지 못하게 해야 할지도
모른다는 말까지 했다. 자오 나리의 생각은 그렇지 않았다. 그리하면
원한을 사게 되고, 더구나 "매는 둥지 근방의 먹이는 먹지 않는다"고
했으니 이런 장사치가 우리 마을을 어찌할 리가 없다, 그러니 각자 밤
중에 문단속만 잘하면 된다는 것이었다. 수재는 '가친의 유훈'을 듣고
는 과연 그렇겠다고 생각하여 아Q를 축출하자는 제의를 즉각 철회
했다. 게다가 쩌우씨댁 며느리에게는 이 말이 새어 나가지 않도록 입
단속을 하라고 신신당부를 했다.

그런데 이튿날 쩌우씨댁 며느리는 쪽빛 치마를 염색하러 나갔다

가 아Q가 의심스럽다는 말을 퍼뜨리고 다녔다. 그러나 수재가 아Q를 축출하려 했다는 대목은 발설하지 않았다. 하지만 이것이 아Q에게는 이미 불리하게 작용하고 있었다. 첫째, 지보가 찾아와 그의 문발을 가져가 버렸다. 자오 마님에게 보여 드려야 된다고 했지만 지보는 돌려주기는커녕 다달이 효도비孝道費를 내라고 윽박을 질렀다. 다음으로는 마을 사람들의 그에 대한 존경의 태도가 싹 달라졌다는 것이다. 감히 멋대로 굴진 못했지만 그를 멀리하려는 기색은 역력했다. 더구나 이런 기색에는 예전 "싹둑" 하던 때와는 달리 어딘가 모르게 '경이원지'敬而遠之하는 기미가 섞여 있었다.

다만 일부 한량패들만이 아직도 시시콜콜 내막을 따지려 들었다. 아Q도 전혀 숨기지 않고 거드름을 피우며 자기의 경험담을 들려주었다. 이로부터 그들은 다음과 같은 사실을 알게 되었다. 그는 졸개에 지나지 않는다는 것, 담을 넘지도 못하고 굴에 들어가지도 못했을 뿐 아니라 겨우 굴 밖에 서서 물건을 건네받는 역할만 했다는 것, 어느 날 밤 그가 꾸러미 하나를 건네받고 두목이 다시 들어가려는데 이내 안에서 큰 소란이 일어났다는 것, 그 길로 줄행랑을 쳐서 밤을 타고 대처를 빠져 나와 웨이좡으로 도망쳐 왔다는 것, 이로부터 다시는 그 일을 하고 싶지 않다는 것 말이다. 하지만 이 이야기는 아Q에게 더 불리하게 작용했다. 마을 사람들이 아Q를 '경이원지'한 것은 본시 원한을 살까 봐 두려워했던 것인데, 두 번 다시 도둑질을 안 하겠다는 좀도둑에 불과할 줄 누가 알았겠는가. 진실로 "이 또한 두려워할 것이 못 된다"가 되고 말았으니.

제7장 혁명

선통宣統 3년 9월 14일 —— 즉, 아Q가 전대를 자오바이엔에게 팔아넘긴 날 —— 한밤중에 시커먼 덮개를 씌운 큰 배 한 척이 자오 나리 저택이 있는 강기슭에 닿았다. 이 배가 어둠 속에서 다가왔을 무렵 마을 사람들은 깊이 잠들어 아무도 이를 알아채지 못했다. 그러나 배가 떠날 무렵엔 여명이 가까웠으므로 몇 사람이 그걸 목격했다. 이리저리 수소문해 본 결과에 의하면 그건 바로 거인 나리의 배였던 것이다.

이 배는 크나큰 불안을 웨이좡에 싣고 왔다. 정오가 되기도 전에 온 마을의 인심이 술렁였다. 배의 임무에 관해서는 자오씨댁에서 극비에 부치고 있었지만, 찻집이나 술청에서 떠도는 풍문에 의하면 혁명당이 대처로 진격해 와서 거인 나리가 우리 마을로 피난을 온 것이라 했다. 오직 쩌우씨댁 며느리만은 그리 여기지 않았다. 그건 거인 나리가 헌 옷장 몇 개를 맡아 달라고 부탁했는데 자오 나리에게 퇴짜를 맞았다는 거였다. 거인 나리와 자오 수재는 친분이라 할 만한 게 없었던 터라 '환란을 같이할' 정분이 있을 리 만무했다. 더구나 쩌우씨댁 며느리는 자오가와 이웃지간이라 보고 듣는 것이 사실에 가까울 터였으니, 아마 그녀의 말이 옳았을 것이다.

뜬소문은 더욱 무성했다. 내용인즉슨, 거인 나리가 친히 오진 않은 모양이지만 장문의 편지를 보내 자오씨댁과는 '먼 친척'이 된다고 늘어놓았다느니 자오 나리는 배알이 틀렸지만 자기로선 손해될 것이 없어서 옷장을 맡아 두었는데 지금은 마나님 침상 밑에 처박아 두었다느니 하는 것들이었다. 혁명당 쪽은 어떤가 하면, 일설에는 그날 밤 대처로 진격해 갔는데 저마다 흰 투구에 흰 옷을 입고 있었고, 그건 명 나라 숭정崇正 황제를 기리기 위함이라느니 등등이었다.

아Q의 귀에도 혁명당이라는 말은 진작부터 들리고 있었다. 금 년엔 또 혁명당의 목을 치는 장면을 직접 목격하기까지 했다. 그런데 어디서 비롯된 생각인지 몰라도 그에게 혁명당은 반란을 일삼는 무리 들이며 반란이란 곧 고난이었다. 그래서 줄곧 이를 '통절히 증오하고' 있었던 것이다. 그런데 뜻밖에 이것이 백 리 사방 이름이 알려진 거인 나리까지 벌벌 떨게 만들었다니 그로선 '신명'이 나지 않을 수 없었 다. 게다가 웨이쫭의 무지렁이들이 허둥대는 꼴은 아Q의 기분을 한 층 상쾌하게 만들었다.

'혁명이란 것도 괜찮네.' 아Q는 생각했다. '이런 씨팔 것들을 뒤 집어 버리자. 좆 같은 것들! 가증스런 것들!······ 나도 혁명당에 가입 해야지!'

근자에 호주머니 사정이 좋지 않았던 아Q의 입장에선 다소 불 만이 없지 않았으리라. 게다가 빈속에 낮술을 두어 잔 거나하게 걸친 터라 기분이 얼큰한 상태였다. 이런저런 생각을 하며 걷다 보니 다시 마음이 하늘하늘 들떴다. 어찌된 영문인지 홀연 혁명당이 바로 자신 인 것 같았고, 웨이쫭 사람들은 모두 자기의 포로인 것 같았다. 기분이 하늘을 찌른 나머지 자기도 모르게 고함을 질렀다.

"모반이다! 모반이다!"

웨이쫭 사람들은 하나같이 두려운 눈빛으로 그를 바라보았다. 이

가련한 눈길은 지금껏 본 적이 없는 것이었다. 그걸 보고 나니 오뉴월에 얼음물을 들이켠 것처럼 속이 시원했다. 그는 한층 신이 나 걸으면서 고함을 질러 댔다.

"자, …… 갖고 싶은 건 모두가 내 거라네, 맘에 드는 년은 모두 내 거라네.

두둥, 땅땅!

후회한들 무엇하리. 술김에 잘못 쳤네, 정鄭가네 아우를.

후회한들 무엇하리, 아아아…….

두둥, 땅땅, 둥, 땅따당!

쇠 채찍을 움켜쥐고 네놈을 후려치리라……."

자오씨댁 두 사내와 두 명의 진짜 일가가 대문 앞에 서서 한창 혁명을 논하고 있는 중이었다. 아Q는 그것도 모르고 고개를 꼿꼿이 치켜든 채 추임새를 넣으며 그들을 지나치려 했다.

"두둥……."

"Q 선생" 자오 나리가 잔뜩 겁을 먹은 듯 낮은 소리로 불렀다.

"땅땅" 아Q는 자기 이름에 '선생'이란 말이 달리리라곤 생각도 못 했으므로 딴 나라 말이려니 하면서 뚱땅거리기만 했다. "둥, 땅, 땅따당, 땅!"

"Q 선생"

"후회한들 무엇하리……."

"아Q!" 수재가 할 수 없이 그의 이름을 그대로 불렀다.

그제서야 아Q는 멈춰 서서 고개를 비틀며 물었다.

"뭐요?"

"Q 선생…… 요사이……" 자오 나리는 말문이 막혔다. "요사이…… 사업은 어떠신가?"

"사업 말씀입니까? 물론입니다요. 갖고 싶은 건 모두가 내 거라네……."

"아……Q형, 우리 같은 가난뱅이 동무들이야 별일 없겠지……" 자오바이옌이 혁명당의 속셈을 떠보려는 듯 조심스레 말했다.

"가난뱅이 동무라고? 당신은 나보다 부자잖소." 이 말을 남기고 아Q는 떠나 버렸다.

모두가 망연자실하여 아무 말도 할 수가 없었다. 자오 나리 부자는 집으로 돌아가 등불을 켤 때까지 대책 마련에 골몰했다. 자오바이옌은 집으로 돌아가 허리에서 전대를 풀어 아내에게 건네며 고리짝 밑에 잘 간수해 두라고 당부했다.

아Q가 들뜬 마음으로 한 바퀴 날아다니다가 사당으로 돌아왔을 때는 술도 깨 있었다. 이 밤은 사당지기 영감도 유달리 친절하게 굴어 차를 권하기도 했다. 아Q는 그에게 떡 두 개를 달라고 해서 다 먹고 난 뒤 다시 넉 냥짜리 초 한 자루와 나무 촛대를 달라고 해서 불을 켜고 자기 방에 누웠다. 뭐라 말할 수 없이 기분이 신선하고 상쾌했다. 촛불은 정월 대보름날 밤처럼 번쩍번쩍 춤을 추었고 덩달아 그의 공상도 나래를 펴기 시작했다.

모반이라? 참 재밌군……. 흰 투구와 흰 갑옷을 입은 한 무리의 혁명당이 들이닥친다. 하나같이 청룡도, 쇠 채찍, 폭탄, 철포, 삼지칼,

갈고리창을 들고 사당을 지나가며 자기를 부른다. '아Q! 함께 가세 나!' 그리하여 함께 간다…….

이때 웨이촹의 무지렁이들 그 꼴이 볼만하겠지. 무릎을 꿇고 '아Q, 목숨만은 살려 줘!' 하고 애원하겠지. 누가 들어주기나 한대! 제 일 먼저 처치할 놈은 애송이D와 자오 나리지, 그다음은 수재, 그리고 또 가짜 양놈…… 몇 놈이나 남겨 둘까? 왕 털보는 남겨 둬도 괜찮겠 지. 아냐, 안 돼…….

빼앗은 물건은…… 곧바로 들이닥쳐 상자를 연다. 말굽모양 은 자에 은화, 옥양목 홑옷…… 수재 마누라의 닝보寧波식 침대를 일단 사당으로 가져와야지. 여기에다 첸씨네 탁자와 의자를 가져다 놓고, 아냐, 자오씨네 걸 쓰는 게 나을지도 몰라. 이 몸이 직접 나서는 것보 다는 애송이D를 시켜야지, 빨리 날라, 꾸물대면 귀싸대기를 날려 줄 테니…….

자오쓰천의 누이동생은 너무 못생겼어. 쩌우씨댁 며느리의 딸은 아직 몇 년은 기다려야 하고. 가짜 양놈 마누라는 변발 없는 사내놈하 고 잠을 잤으니, 흥, 좋은 물건은 못 돼! 수재 여편네는 눈두덩에 흉터 가 있단 말야…… 우 어멈은 오랫동안 못 보았군, 어디 갔나, 아냐, 아 무래도 발이 너무 커.

한바탕 편력이 끝나지도 않았는데 아Q는 이미 코를 골고 있었 다. 녁 냥짜리 양초는 아직 반쯤밖에 타지 않았고 낼름거리는 불꽃은 헤벌린 그의 입을 비추고 있었다.

"아악!" 갑자기 아Q가 큰소리를 질렀다. 고개를 들어 사방을 둘러보니 넉 냥짜리 초가 눈에 들어왔다. 그는 다시 쓰러져 잠이 들었다.

이튿날 그는 느지막이 일어났다. 거리에 나가 보아도 모든 게 예전 그대로였다. 여전히 배가 고팠다. 생각을 해보았지만 아무것도 생각나지 않았다. 그러다 갑자기 뭔가가 떠올랐다. 어슬렁어슬렁 걷다 보니 어느새 정수암 앞에 이르렀다.

암자는 봄날처럼 조용했다. 흰 벽에 검은 문이었다. 한참을 생각하다가 다가가 문을 두드렸다. 안에선 개가 짖어 댔다. 그는 얼른 벽돌 조각을 주워 들고는 다시 한번 힘차게 문을 두드렸다. 검은 문에 무수한 흠집이 생겼을 때에야 누군가가 나오는 소리가 들렸다.

아Q는 벽돌조각을 바짝 움켜쥐고 다리를 버티며 검둥이와 일전을 벌일 태세를 갖추었다. 하지만 암자 문이 빼꼼히 열렸을 뿐 검둥이는 뛰쳐나오지 않았다. 들여다보니 늙은 비구니 혼자였다.

"또 웬일이야?" 그녀는 깜짝 놀라며 말했다.

"혁명이 났어…… 알고 있어?……" 아Q가 어물거렸다.

"혁명, 혁명, 혁명은 벌써 지나갔어……. 너희가 우리를 어떻게 혁명하겠다는 거야?" 늙은 비구니는 두 눈에 핏대를 올리며 말했다.

"뭐라구?……" 아Q는 의아했다.

"너 몰라? 그놈들이 벌써 와서 혁명을 해버렸다니까!"

"누가?……" 아Q는 더욱 의아했다.

"그 수재하고 가짜 양놈!"

너무도 의외라 아Q는 어리둥절했다. 그의 기세가 꺾인 것을 보고 늙은 비구니는 잽싸게 문을 닫아 버렸다. 아Q가 다시 밀어 보았지만 꿈쩍도 하지 않았다. 다시 두드려 보았지만 아무런 대꾸도 없었다.

그 일은 오전 중에 일어났다. 자오 수재는 소식이 빨라 지난 밤 혁명당이 입성했다는 사실을 알았다. 그는 변발을 머리 꼭대기에 둘둘 감아올리고는 이제껏 사이가 좋지 않던 가짜 양놈을 찾아갔다. 때는 바야흐로 '함여유신'咸與維新의 시대였다. 그래서 이 기회를 틈타기로 입을 모으고 즉각 의기투합하며 혁명의 동지가 되자고 약조를 했던 것이다. 그들은 연구에 연구를 거듭한 결과 정수암에 '황제 만세 만만세'라는 용패龍牌가 있다는 걸 생각해 내고는 그것을 재빨리 없애 버리기로 했다. 그리하여 즉시 암자로 혁명을 하러 갔던 것이다. 늙은 비구니의 방해 때문에 실랑이를 벌이던 그들은 그를 만주정부의 일파로 규정하고 머리에 지팡이와 주먹세례를 퍼부었다. 두 사람이 돌아간 뒤 비구니가 정신을 차리고 보니 용패는 땅바닥에 산산조각이 났고 관음상 앞에 있던 선덕宣德 향로도 보이지 않았다.

이 사실을 아Q는 나중에야 알았다. 잠에 곯아떨어진 걸 몹시나 후회했지만 그들이 자기를 부르지 않은 처사만은 몹시도 괘씸했다. 그는 또 한 걸음 물러서 생각했다.

'설마 놈들이 내가 혁명당에 가입한 걸 아직도 모른단 말인가?'

제8장 혁명 불허

웨이쫭의 인심은 날로 안정되어 갔다. 전해 오는 소식에 의하면, 혁명당이 입성하긴 했지만 달리 대이변은 없었다는 거였다. 지사知事 녀리 역시 그대로 자리를 보전하고 있었고 뭐라고 이름만 바꾼 데에 불과했다. 게다가 거인 나리도 무어라 하는 관직——이 명칭은 웨이좡 사람들은 들어도 잘 모른다——에 취임했다. 군대의 책임자도 예전의 녹영군綠營軍 대장이 그대로 맡고 있었다. 다만 딱 한 가지 무서운 사건이 있었다. 성질이 고약한 혁명당 몇몇이 패악질을 부리고 다녔는데, 그다음 날부터 변발을 자르기 시작했던 것이다. 들리는 말로는 이웃마을 뱃사공 칠근七斤이 처음으로 걸려 차마 눈 뜨고 볼 수 없는 지경이 되고 말았다고 했다. 하지만 그건 대공포라고까지 할 수는 없었다. 그도 그럴 것이 웨이좡 사람들은 거의 대처로 나갈 일이 없었을뿐더러 갈 일이 있다 해도 즉각 계획을 변경하면 위험에 부닥칠 일이 없을 것이기 때문이었다. 아Q도 본래 옛 친구들을 만나러 대처로 갈 생각이었으나 이 소식을 듣고 하는 수 없이 그만두었다.

하지만 웨이좡에도 개혁이 전혀 없었다고 할 수는 없었다. 그 일이 있고 난 며칠 뒤 변발을 정수리에 둘둘 말아 올린 자들이 점차 늘어났다. 앞서 말한 대로 그 선봉이 수재 선생이었음은 물론이고 그다음은 자오쓰천과 자오바이옌, 그리고 그다음이 아Q였다. 여름 같았으면 변발을 정수리로 말아 올린다거나 묶는 일은 희한한 일이라고 할 수도 없었다. 하지만 지금은 가을의 끝자락이 아닌가. 그래서 '엄동설한에 삼베옷'을 걸치는 식의 차림은 당사자로서는 일대 결단이 아닐 수 없고, 웨이좡 마을의 입장에서도 개혁과 무관한 일이라 할 수는 없었다.

뒤통수가 휑한 자오쓰천이 걸어오는 걸 보고 사람들은 난리였다.

"허이구, 혁명당이 납시는구만!"

이 말을 듣고 아Q는 부러웠다. 수재가 변발을 말아 올렸다는 빅 뉴스를 일찍이 듣고 있었지만 자기가 그럴 수 있을 거라고는 생각조차 하지 못했다. 그런데 지금 자오쓰천까지 그리 한 걸 보고는 자기도 흉내를 내 볼 엄두가 생겼다. 그리하여 마침내 실행의 결단을 내린 것이다. 그는 대젓가락으로 변발을 머리 꼭대기로 틀어 올리고는 한참을 머뭇거렸다. 그런 뒤에야 비로소 당당히 거리로 나설 수가 있었다.

그는 거리를 걷고 있었다. 사람들은 그를 쳐다보았지만 아무 말도 하지 않았다. 처음엔 몹시 불쾌했으나 나중에 몹시 불만이었다. 요즘 그는 툭하면 성질을 부렸다. 사실 그의 생활은 모반 이전에 비하면 결코 나쁘진 않았다. 남들도 그에게 공손했고 점포 주인도 현금을 내라고 하지 않았다. 그런데도 아Q는 자꾸 제 풀에 낙담한 느낌이 들곤 했다. 기왕 혁명을 한 이상 고작 이런 정도여선 곤란하다. 게다가 얼마 전 애송이D와의 만남이 그의 심보를 터뜨리고 말았다.

애송이D도 변발을 둘둘 말아 올리고 있었던 것이다. 게다가 그역시 대젓가락으로 틀어 올린 것이었다. 그가 감히 이런 흉내를 내리라고 아Q가 어찌 상상이나 할 수 있었겠는가. 그가 이런 짓거리를 하도록 내버려 둘 수는 없는 노릇이었다. 애송이D란 놈은 도대체 어디서 굴러먹던 개빽다귀란 말인가? 당장이라도 애송이D를 거머잡고 대젓가락을 부러트려 그의 변발을 풀어 헤치고 싶은 마음이 간절했다. 여기에다 귀싸대기를 몇 대 갈기면서 분수도 모르고 혁명당이 되려한 죄를 응징해 주고 싶었다. 하지만 끝내 한 번 봐주기로 했다. 그저 노려보며 침을 한 번 뱉을 뿐이었다. "캭! 퉤!"

요 며칠 사이 대처로 나간 것은 가짜 양놈 한 사람뿐이었다. 자오 수재도 본시 옷장을 맡아 준 일을 믿고 몸소 거인 나리를 예방할 생각 이었지만 변발을 잘릴 위험으로 인해 중지하고 말았다. 그는 '지극히 정중한' 편지를 한 통 써서 가짜 양놈 편에 보내 자기가 자유당自由黨 에 입당할 수 있도록 주선을 좀 해달라고 부탁을 했다. 가짜 양놈은 돌 아와서 수재에게 은화 사 원을 청구했다. 이로부터 수재는 복숭아 모 양의 은 배지를 저고리 옷깃에 달게 되었다. 웨이좡 사람들은 감복하 여 그건 시유당柿油黨[4]의 휘장으로 그건 한림翰林에 해당하는 것이라 고 수군댔다. 자오 나리의 거드름도 이로 인해 한층 더해졌는데, 그 정 도가 아들이 처음 수재가 되었을 때를 한참 능가하는 것이었다. 그리 하여 눈에 뵈는 것이 없었고 아Q쯤은 만난다 하더라도 거들떠보지 도 않게 되었다.

아Q는 마음이 편치 않았다. 시시각각 자신이 영락하고 있다고 느끼고 있던 차에 이 은 복숭아 이야기를 들었다. 그는 즉각 자기가 영 락하게 된 원인을 깨달았다. 혁명을 할라치면 입당만으론 안 된다. 변 발을 틀어 올리는 정도로도 안 된다. 무엇보다 먼저 혁명당과 안면을 트지 않으면 안 된다. 평생 그가 알고 있는 혁명당은 둘뿐이었다. 대처 에 사는 한 사람은 이미 "싹둑" 죽고 말았다. 이제 남은 건 가짜 양놈 뿐이었다. 그러니 그를 찾아가 의논을 하는 것 외에 더 이상 다른 방도 가 없었다.

첸씨 저택의 대문이 열려 있어서 아Q는 조심조심 게걸음을 치며 들어갔다. 안에 이르자 그는 깜짝 놀랐다. 가짜 양놈이 마당 한가운데 서 있었던 것이다. 몸엔 새까만 양복이라는 걸 걸치고 그 위엔 은복숭아를 달고 손엔 아Q를 후려쳤던 지팡이를 들고 서 있었다. 겨우한 자 정도 자란 변발을 풀어 어깨 위에 늘어트리고 있는 모습이 흡사그림 속의 유해선인劉海仙人을 방불케 했다. 그의 맞은편에선 자오바이옌과 세 명의 한량패들이 꼿꼿이 서서 한창 그의 연설을 경청하던중이었다.

아Q는 슬그머니 다가가 자오바이옌의 등 뒤에 섰다. 말을 걸어보고 싶었지만 어떻게 불러야 할지를 몰랐다. 가짜 양놈이라 부르는건 물론 안 된다. 양코배기도 적당치 않고 그렇다고 혁명당도 아니다. 양선생, 이건 어떨까?

양 선생은 그를 보지 못했다. 눈을 희번득거리며 연설에 열중하고 있었기 때문이다.

"나는 성질이 급해 우리가 만나면 늘 이런 말을 했어. 홍洪 형![5] 우리 착수합시다! 그런데 그는 늘 이러는 거야. No! 이건 서양말이라자네들은 모를 거야. 그렇지 않으면 이미 성공했을걸. 하지만 이거야말로 그가 신중한 대목이야. 그는 거듭 나더러 후베이湖北로 가라고 했지만 나는 그러지 않겠노라 했어. 누가 그런 자그만 현성縣城에서 일하기를 원하겠나……."

"저어…… 근데……" 아Q는 그의 말이 멈추기를 기다리다가 마침내 용기를 내어 입을 열었다. 그런데 무슨 까닭인지 양 선생이란 호칭은 나오질 않았다.

그의 일장연설을 듣고 있던 네 사람이 깜짝 놀라 뒤를 돌아보았다. 양 선생도 그제서야 그를 쳐다보았다.

"뭐야?"

"제가……."

"나가!"

"제가 가입을……."

"꺼지라니까!" 양 선생은 상주막대를 치켜들었다.

자오바이옌과 한량패들도 거들고 나섰다.

"선생님께서 꺼지라시잖아, 말귀를 못 알아들어?"

아Q는 손으로 머리를 싸매고는 허둥지둥 대문 밖으로 도망쳤다. 양 선생은 쫓아오진 않았다. 육십여 보나 내달려서야 걸음을 늦추었다. 슬픔이 치밀었다. 양 선생이 자기에게 혁명을 불허한다면 달리 방법은 없다. 흰 투구에 흰 갑옷을 입은 자들이 자기를 부르러 오리란 기대는 이제 할 수 없었다. 그가 품고 있던 포부며 지향이며 희망이며 앞길이 전부 날아가 버렸다. 한량패들이 소문을 퍼뜨려 애송이D나 왕털보 같은 무리에게 비웃음을 당하는 일 따위는 부차적인 문제였다.

　　이런 무료함은 여태 경험해 본 적이 없었다. 말아 올린 변발조차도 무의미하고 모멸스럽게 느껴졌다. 분풀이로 확 늘어뜨려 볼까도 했지만 끝내 그러진 못했다. 밤이 될 때까지 쏘다니다 외상으로 술 두 사발을 들이켜자 점점 기분이 좋아졌다. 흰 투구와 흰 갑옷 파편들이 다시 머릿속을 떠다녔다.

　　어느 날 그는 여느 때처럼 밤중까지 쏘다니다가 술집 문을 닫을 무렵에야 사당으로 돌아왔다.

"쿵, 와장창~!"

갑자기 이상한 소리가 들려왔다. 폭죽소리는 아니었다. 본래 구경하기를 좋아하고 참견하기를 좋아하는 아Q가 이를 놓칠 리 없었다. 곧장 어둠 속에서 그 소리를 찾아 나섰다. 앞에서 사람 발자국 소리가 들리는 것 같았다. 한창 귀를 기울이고 있는데, 돌연 맞은편에서 한 사람이 도망쳐 오는 것이었다. 아Q는 그를 보자마자 얼른 몸을 돌려 덩달아 도망을 쳤다. 그가 모퉁이를 돌면 아Q도 돌았고, 그가 멈추어 서면 아Q도 멈추어 섰다. 뒤를 보았지만 아무것도 없었다. 그 사람을 보니 다름 아닌 애송이D였다.

"뭐야?" 아Q는 기분이 상하기 시작했다.

"자오…… 자오씨댁이 털렸어!" 애송이D가 숨을 헐떡거리며 말했다.

아Q의 심장이 쿵쾅거렸다. 애송이D는 이 말을 하고는 뛰어가 버렸다. 아Q도 도망치다 멈추고 도망치다 멈추고 그러기를 두세 번 했다. 하지만 그는 '이 바닥 장사'를 해본 위인이라 의외로 배짱이 있었다. 그리하여 그는 길모퉁이를 기어 나와 귀를 기울였다. 왁자지껄한 소리가 들리는 것 같았다. 또 자세히 살펴보니 흰 투구와 흰 갑옷을 입은 사람들이 무수한 것 같았다. 연이어 옷장을 들어내고 가구를 들어내고 수재 마누라의 닝보식 침상도 들어내고 있는 것 같았다. 분명치가 않아서 앞으로 나아가 보고 싶었지만 두 발이 떨어지지 않았다.

달이 없었던 이 밤 웨이쫭은 암흑 속에서 고요했다. 그 고요함은 마치 복희伏羲 시대처럼 태평했다. 선 채로 바라보고 있던 아Q의 마음엔 조바심이 일었다. 저쪽에선 아까처럼 왔다 갔다 하면서 무언가를 나르고 있는 듯했다. 옷장을 들어내고 가구를 들어내고 수재 마누라의 닝보식 침상을 들어내고…… 그 수량이 자기 눈을 믿기 어려울 정도였다. 하지만 더 이상 앞으로 나아가지 않으리라 결심하고는 그냥 사당으로 돌아오고 말았다.

사당 안은 더욱 칠흑이었다. 그는 대문을 닫고 자기 방을 더듬어 들어갔다. 드러누운 지 한참이 되어서야 정신이 들어 자기한테로 생각이 미쳤다. 흰 투구에 흰 갑옷의 사람들이 오긴 왔는데 자기를 부르러 오진 않았다. 무수한 물건들을 들어냈지만 거기에 자기 몫도 없었다. 이건 순전히 가짜 양놈이 가증스럽게도 자기가 모반하는 걸 불허했기 때문이다. 그렇지 않았더라면 어떻게 자기 몫이 없을 수 있단 말인가? 생각하면 할수록 부아가 치밀었다. 마침내 열불을 삭이지 못해 잔뜩 독이 오른 눈길로 고개를 끄덕였다. "나한텐 모반을 못 하게 하고 네놈한테만 하게 해? 이 씨팔 가짜 양놈아, 좋아, 모반을 할 테면 해 봐! 역모는 모가지가 달아나. 내가 찔러 주지, 그래서 대처에 붙잡혀 들어가 네놈 모가지가 달아나는 걸 기어이 보고 말 거야. 멸문지화滅門之禍라니까. 싹둑! 싹둑!"

제9장 대단원

자오씨댁에 약탈이 있은 뒤 웨이좡 사람들은 고소하면서도 무서웠다.

아Q 역시 고소하면서 무서웠다. 그런데 나흘 뒤 아Q는 느닷없이 한밤중에 붙들려 현성으로 끌려갔다. 칠흑의 그 밤, 한 무리 군대와 한 무리의 자경단, 한 무리의 경찰과 다섯 명의 정탐꾼이 몰래 웨이좡에 들이닥쳤다. 그들은 어둠을 타고 사당을 포위한 뒤 바로 맞은편 문에 기관총을 설치했다. 하지만 아Q는 뛰쳐나오지 않았다. 오랜 시간이 지났건만 아무런 기척이 없었다. 초조해진 대장이 현상금 이십 냥을 걸자 그제서야 두 명의 자경단원이 위험을 무릅쓰고 담을 넘었다. 그리하여 안팎이 합세하여 일시에 밀고 들어가 아Q를 끌어냈다. 사당 밖 기관총 부근까지 끌려와서야 그는 정신이 들었다.

현성에 도착했을 때는 이미 정오였다. 아Q는 자기가 낡은 관청 문을 지나 대여섯 번을 돌아 작은 방에 밀쳐지는 모습을 보았다. 그가 비틀거리는 순간 통나무로 짠 목책문이 그의 발뒤꿈치를 따라오며 덜컥 잠겼다. 나머지 삼면은 모두 벽이었다. 자세히 보니 한 모퉁이에 두 사람이 있었다.

아Q는 불안하긴 했지만 불편하지는 않았다. 사당의 침실도 이 방보다 형편이 그리 낫진 않았기 때문이다. 그 둘도 시골뜨기인 듯 차츰 성가시게 굴기 시작했다. 하나는 거인 나리가 할아버지 대에 밀린 소작료 때문에 고발을 했다는 거였다. 다른 하나는 영문을 모르겠다는 투였다. 그들이 아Q에게 묻자 아Q는 서슴없이 대답했다.

"모반을 좀 했지."

오후에 그는 목책문 밖으로 끌려 나갔다. 대청으로 들어가자 위쪽에 까까머리 영감이 앉아 있었다. 중이려니 했는데 아래쪽에 사병

들이 늘어서 있고 양쪽으로 십여 명 장삼을 입은 인물들이 서 있었다. 영감처럼 까까머리도 있었고 가짜 양놈처럼 머리를 등 뒤로 늘어트린 자도 있었는데 하나같이 사나운 얼굴로 그를 노려보고 있었다. 아Q는 필시 무슨 내력이 있다는 걸 눈치챘다. 순간 무릎 관절이 절로 떨리기 시작하더니 이내 무릎이 꿇리는 거였다.

"일어서! 꿇으면 안 돼!" 장삼을 입은 인물이 일제히 호통을 쳤다.

아Q는 그 말을 이해할 듯했지만 도저히 서 있을 수가 없어 몸이 절로 쪼그려졌다. 그 바람에 다시 무릎을 꿇고 말았다.

"노예근성……" 장삼을 입은 인물이 한심하다는 듯 말했지만 일어서라고도 하지 않았다.

"다 불어야 해. 호되게 당하지 않으려거든. 다 알고 있어. 불면 너를 풀어 줄 테니." 까까머리 영감이 아Q의 얼굴을 빤히 바라보며 차분하고도 분명한 어조로 말했다.

"불어!" 장삼을 입은 인물도 소리쳤다.

"저는 본시…… 가입하려고……" 어리둥절하니 한바탕 생각해 보고 난 뒤, 아Q는 그제서야 떠듬떠듬 입을 열었다.

"그럼 왜 가입하지 않았지?" 영감이 부드럽게 물었다.

"가짜 양놈이 허락하지 않았습니다요."

"헛소리! 이젠 이미 늦었어. 네 패거리가 지금 어디 있어?"

"네?……"

"그날 밤 자오씨댁을 턴 일당 말이야."

"그들은 저를 부르러 오지 않았습니다. 자기네들끼리 가져가 버렸습니다요." 아Q는 여기에 생각이 미치자 분통이 터졌다.

"어디로 가져갔지? 말하면 풀어 줄 테다." 영감이 더욱 부드럽게 말했다.

"모릅니다요…… 그들은 저를 부르러 오지 않았습니다요……."

노인이 눈짓을 했다. 아Q는 다시 목책문 속에 갇혔다. 그가 두번째로 목책문 밖으로 나온 것은 그다음 날 오전이었다.

대청은 예전 그대로였다. 윗자리엔 여전히 까까머리 영감이 앉아 있었고 아Q도 여전히 무릎을 꿇고 있었다.

영감이 부드럽게 물었다. "할 말은 없는가?"

아Q는 생각해 보았지만 할 말이 없었다. "없습니다요."

그리하여 장삼을 입은 인물 하나가 종이 한 장과 붓 한 자루를 아Q 앞에 내놓으며 붓을 그의 손에 들리는 것이었다. 아Q는 깜짝 놀라 거의 '혼비백산'의 지경이 되었다. 손에 붓을 잡아 본 것이 처음이었던 것이다. 어떻게 잡아야 할지 몰라 난감해하고 있던 차에 그자가 한 군데를 가리키며 그더러 서명을 하라고 했다.

"저는…… 저는…… 까막눈입니다요." 그는 붓을 움켜쥐고 두렵고 부끄러워하면서 더듬거렸다.

"그러면 좋을 대로 해라, 동그라미를 그리든지!"

아Q는 동그라미를 그리려 했지만 붓을 든 손이 덜덜 떨릴 뿐이었다. 그러자 그자가 종이를 바닥에 펴 주었다. 아Q는 엎드려 혼신의 힘을 다해 동그라미를 그렸다. 웃음거리가 되지 않도록 둥그렇게 그리려고 했지만 얄미운 붓이 무거울뿐더러 좀처럼 말을 듣지 않았다.

떨리는 손으로 출발선에 거의 다다랐을 무렵 바깥으로 삐치는 바람에 호박씨 모양이 되고 말았다.

아Q가 제대로 그리지 못한 것을 부끄러워하고 있던 차에 그자는 아무 문제가 없다는 듯 이미 종이와 붓을 챙겨 가 버렸다. 일군의 사람들이 그를 또 한 차례 목책문 안으로 밀어 넣었다.

두번째로 목책문 안에 들어갔지만 그리 걱정이 되지 않았다. 인생살이 천지지간에 감옥을 들락거릴 일도 있을 것이고 종이에 동그라미를 그릴 일도 있을 것이었다. 오직 동그라미가 둥글지 못한 점만이 그의 '행장'에서 하나의 오점일 뿐이었다. 하지만 이내 그런 생각도 사그라졌다. 그는 생각했다. 손자 대가 되면 동그라미를 둥글디둥글게 잘 그릴 수 있을 텐데. 그는 잠이 들었다.

그런데 그날 밤, 거인 나리는 도리어 잠을 이룰 수가 없었다. 부대장에게 분통을 터뜨렸던 것이다. 거인 나리가 장물을 찾는 일이 급선무라고 주장한 데 반해 부대장은 죄인에게 본때를 보여 주는 것이 급선무라고 주장했다. 부대장은 요사이 거인 나리는 안중에 없었다. 책상을 두드리고 의자를 걷어차면서 강짜를 부릴 정도였으니 말이다. "일벌백계라고요. 보십쇼. 내가 혁명당이 된 지 이십 일도 안 됐는데 벌써 약탈이 십여 건, 그것도 전부 미궁에 빠졌으니 내 체면이 뭐가 되겠소? 기껏 또 해결해 놓으면 당신은 또 엄한 소리나 하고. 아니 되오. 이건 내 권한이오!" 거인 나리는 궁색해졌지만 주장을 굽히지 않았다. 장물 수사를 하지 않겠다면 즉시 민정 협조단 직책을 사임하겠노라 엄포를 놓았다. 그런데 부대장은 한 술 더 떴다. "마음대로 하시구랴!"

그리하여 그날 밤 거인 나리가 한숨도 잠을 이루지 못했던 것이다. 그런데 다행히 다음 날도 사임하지 않았다.

아Q가 세번째로 목책문 밖으로 끌려나온 것은 거인 나리가 한잠도 못 잔 다음 날 오전이었다. 그가 대청에 이르고 보니 윗자리엔 예의 그 까까머리 영감이 앉아 있었다. 아Q도 여느 때처럼 꿇어앉았다.

영감이 부드러운 목소리로 물었다. "무슨 할 말이 없는가?"

아Q는 생각해 보았지만 역시 할 말이 없었다. "없습니다요."

장삼과 짧은 옷을 입은 수많은 인물들이 갑자기 그에게 검은 글자가 쓰인 흰 조끼를 입혔다. 아Q는 기분이 몹시 상했다. 마치 상복을 입는 듯했고 상복을 입는다는 건 재수가 없는 일이었기 때문이다. 동시에 그의 양손이 뒤로 묶였다. 그러고는 관청 밖으로 끌려 나왔다.

아Q는 포장 없는 수레에 떠밀려 올랐다. 짧은 옷 입은 몇이 그와 함께 앉았다. 수레는 즉시 움직이기 시작했다. 앞엔 총을 멘 병사들과 경비단원들이 있었고, 양쪽엔 입을 헤벌린 수많은 구경꾼들이 늘어서 있었다. 뒤쪽은 어떤가? 아Q는 쳐다보지 않았다. 돌연 어떤 깨달음이 왔다. 이거 목 자르는 거 아냐? 갑자기 두 눈이 캄캄해지고 귀가 멍멍해지고 정신이 아찔해지기 시작했다. 그러나 완전히 정신을 잃은 건 아니었다. 때로는 조급하기도 했지만, 때로는 도리어 태연했다. 그의 심중에선 인생살이 천지지간에 목이 날아가는 일도 없진 않으리라 생각하는 듯했다.

이런 와중에도 길은 알아볼 수 있었다. 아무래도 이상했다. 어째서 형장으로 가지 않는 거지? 이것이 조리돌림인 줄 그는 몰랐던 것이다. 설령 알았다 해도 마찬가지였을 것이다. 인생살이 천지지간에 조리돌림을 당하는 일도 없진 않으리라 생각했을 테니까.

그는 깨달았다. 이것이 멀리 돌아서 형장으로 가는 길임을. 이건 틀림없이 "싹둑" 머리를 잘리는 것이었다. 낙담하여 좌우를 보니 개미 떼 같은 군중이 따라오고 있었다. 뜻밖에 길가 군중 속에서 우 어멈을 발견했다. 아주 오랜만이었다. 대처에서 일을 하고 있었던 것이다. 아Q는 기개가 없어 노래 몇 가락도 뽑지 못하는 자신이 갑자기 부끄러워졌다. 생각이 소용돌이처럼 뇌리를 맴돌았다. 「청상과부 성묘 가네」는 당당하지가 못하고, 「용호상박」 중의 "후회한들 무엇하리……"도 너무 따분했다. 역시 "쇠 채찍을 움켜쥐고 네놈을 후려치리라"가 제격이었다. 그리하여 그는 손을 치켜들려 했지만 그제서야 두 손이 결박되어 있다는 것을 깨달았다. 그리하여 "쇠 채찍을 움켜쥐고"도 부르지 못했다.

"이십 년이 지나 또 한 사람……." 화급한 와중에 여태 입에 담아 본 일이 없는 가락이 '스승 없이 통달한' 듯 튀어나왔다.

"잘한다!!!" 군중 속에서 이리의 단말마 울부짖음이 일었다.

수레는 멈추지 않고 앞으로 나아갔다. 아Q는 갈채소리 속에서 눈알을 돌려 우 어멈을 바라보았다. 그를 알아보지 못한 듯 그저 병사들이 메고 있는 총에 넋을 빼고 있었다.

그리하여 아Q는 갈채하는 무리로 시선을 되돌렸다.

이 찰나 또 다른 생각이 회오리처럼 뇌리에 소용돌이쳤다. 사 년 전 그는 산기슭에서 굶주린 늑대 한 마리와 부닥친 일이 있었다. 늑대는 다가오지도 떨어지지도 않은 채 영원히 그의 뒤를 따르며 그의 고기를 먹을 요량이었다. 그때 그는 무서워 거의 죽을 뻔했다. 다행히 손에 도끼 한 자루를 들고 있어서 그것에 의지해 배짱을 두둑이 하며 웨이좡에 다다를 수 있었다. 그러나 그때 늑대의 눈길은 영원히 기억에 남았다. 흉악하면서도 비겁에 찬, 번득이던 그 눈빛이 마치 도깨비불처럼 멀리서도 그의 살가죽을 꿰뚫을 것 같았다. 그런데 이번엔 여태보지 못한 더 무서운 눈길을 보았다. 둔하면서도 예리한, 그의 말을 씹어 먹고도 또 육신 이외의 무언가를 씹어 먹으려는 듯 영원히 멀지도 가깝지도 않게 그를 따라오는 눈길들.

그 눈알들이 우루루 한데 뭉쳐졌나 싶더니 벌써 그의 영혼을 물어뜯고 있었다.

"사람 살려……."

하지만 아Q는 입을 열 수가 없었다. 벌써부터 눈이 캄캄해지고 귀가 윙윙거려 전신이 먼지처럼 흩어지는 느낌이 들었다.

당시의 영향으로 말하자면, 가장 큰 타격을 받는 쪽은 오히려 거인 나리였다. 끝내 장물을 찾지 못해 온 집안이 울고불고 난리였다. 그 다음은 자오씨댁이었다. 수재가 도시로 고소를 하러 갔다가 악질 혁명당에게 걸려 변발을 잘렸을 뿐 아니라 스무 냥의 포상금을 뜯겨 역시 온 집안이 울고불고 난리였다. 이날부터 그들은 퀘퀘한 나리마님遺老의 기미를 풍기기 시작했다.

여론으로 말하자면, 웨이좡에선 별다른 이견이 없었다. 모두들 아Q가 나빴다는 거였다. 총살을 당한 것이 그가 나쁜 증거라는 것이었다. 그가 나쁘지 않았다면 무엇 때문에 총살을 당했단 말인가? 그러나 도시의 여론은 그다지 좋지 못했다. 그들 대다수가 불만이었다. 총살은 싹둑 하는 것만큼 좋은 구경거리가 못 된다는 거였다. 게다가 그 웃기는 사형수라니, 그리 오래도록 끌려다녔건만 노래 한 구절 뽑지도 못하다니…… 괜히 헛걸음질만 시켰다는 것이 그 요지였다.

1921년 12월

주)

1) 원제는 「阿Q正傳」, 1921년 12월 4일부터 1922년 2월 12일에 걸쳐 베이징 『천바오 부간』에 연재했다.

2) 『박도별전』(博徒別傳; 원제는 *Rodney Stone*)은 디킨스(Charles Dickens)가 아니라 코넌 도일(Arthur Conan Doyle)의 작품이다. 루쉰은 1926년 8월 8일 웨이쑤위안(韋素園)에게 보낸 편지에서 이 착오를 인정하고 있다. 『박도별전』은 상우인서관에서 발행된 '설부총서'(說部叢書)에 실려 있다.

3) 마작(麻雀)은 마장(麻將)이라고도 하는데, 루쉰은 여기서 마장(麻醬; 참깨를 갈아 걸쭉하게 만든 장)이라고 씀으로써 웨이좡 사람들의 무지를 풍자하고 있다. 일종의 말놀이다.

4) 여기서 '자유당'과 '시유당'은 중국어 발음이 비슷하다. 루쉰은 이런 말놀이를 통해 웨이좡 사람들의 내면 상태를 풍자하고 있다.

5) 여기서의 '홍 형'은 신해혁명의 발단이 된 우창(武昌)봉기에서 중요한 역할을 했던 리위안훙(黎元洪)을 말한다.

단오절[1]

팡쉬안춰方玄綽는 요즘 '그게 그거'라는 말을 즐겨 쓰다 보니 거의 '입버릇'이 되고 말았다. 말로만 그치는 게 아니라 뇌리에도 똬리를 틀고 있었다. 애초엔 '한통속'이라 했다가 그 뒤 뭐가 마뜩지 않았는지 '그게 그거'로 고쳐 줄곧 지금까지 쓰고 있는 것이다.

이 평범한 경구警句를 발견한 뒤 새삼스레 개탄하는 바가 적지 않았으나 동시에 새로운 위안도 숱하게 받았다. 가령 노인이 청년을 윽박지르는 모습을 보았다 치자. 예전 같으면 씩씩거렸겠지만 지금은 생각을 고쳐먹고는 이렇게 생각하는 것이었다. 장래에 저 젊은이도 아들손자를 두게 되면 아마 저런 허세를 늘어놓겠지. 그러면 모든 불만이 싹 사라지는 것이었다. 또 군인이 인력거꾼을 구타하는 장면을 목격했다면, 예전 같으면 씩씩거렸겠지만 지금은 생각을 바꾸어 또 이렇게 생각하는 것이었다. 만약 저 인력거꾼이 군인이 되고 저 군인이 인력거를 끈다면 아마도 저렇게 구타를 하겠지. 그러면 마음이 잔

잔해지는 것이었다. 이런 생각을 하면서 그는 이따금 의심을 해보기도 했다. 사회악에 맞설 용기가 없어서 자신을 기만하며 고의로 도피처를 만드는 건 아닐까. 그건 '시비를 따질 마음이 없는' 거나 마찬가지니까 고치는 게 좋을 거야. 그럼에도 이런 생각이 뇌리에서 쑥쑥 자라만 갔다.

그가 '그게 그거 설說'을 처음으로 공표한 것은 베이징 서우산首善학교 교실에서였다. 그때 어떤 역사적 사건을 거론하면서 "예나 제나 사람은 별반 다르지 않다"는 말이 나왔고 별별 인간들의 "본성은 비슷하다"는 말로 나갔다가 마침내 학생과 관료의 지위 문제를 끌어들여 일장 연설을 했던 것이다.

"오늘날 사회에선 관료를 욕하는 게 유행처럼 되고 있는데 학생들이 더 심하게 욕을 하지. 그러나 관료라 해서 태어날 때부터 특별한 종족은 아니고 평민이 변해서 된 거야. 지금은 학생 출신의 관료가 적지 않은데 나이 든 관료와 무슨 차이가 있겠어? '입장을 바꾸면 다 같은 것'이니 사상이나 언론, 거동이나 풍채에 무슨 커다란 구별이 있을 것이며 …… 학생단체가 새로 벌이고 있는 수많은 사업들도 이미 폐해를 면치 못할뿐더러 태반은 연기처럼 소실되어 버리지 않았어? 그게 그거야. 하지만 중국의 미래가 우려해야 할 것이 바로 여기에……."

교실 여기저기 앉아 있던 스무 명 남짓한 청강생 중에는 심히 좌절을 한 자도 있었다. 옳다고 여겼던 모양이다. 어떤 이는 발끈했다. 신성한 청년을 모욕했다 여겼던 모양이다. 또 몇몇은 그를 향해 미소를 지었다. 자기변호라 여겼던 모양이다. 그도 그럴 것이 팡쉬안춰 자신이 관리를 겸하고 있었기 때문이다.

그러나 사실은 이 모두가 오류였다. 그건 그의 새로운 불만에 불과했다. 비록 투덜거리기는 하지만 이 또한 스스로를 위안하는 공담일 뿐이었다. 게으름 때문인지 쓸데없다고 여겨서 그런 것인지 그 자신도 잘 모르겠지만, 늘 자신은 뭔가를 추구하려 하지 않고 현실에 안주하는 사람이라고 느끼고 있었다. 총장이 그를 정신병자라 뒤집어씌워도 지위가 흔들리지 않는 한 결코 입을 열려 하질 않았다. 교원 월급이 반년 치나 밀렸지만 별도의 관료 봉급으로 메워 갈 수 있는 한 결코 입을 열려 하지도 않았다. 입을 열지 않은 정도가 아니라 교원들이 연합하여 급료 지급을 요구했을 때 내심 신중치 못하고 너무 징징댄다고 여길 정도였다. 관청의 동료들이 그들을 지나치게 비난하는 걸 듣고 그제서야 약간 기분이 상했다. 하지만 그 뒤 생각을 바꾸어 자기가지금 돈에 쪼들리고 있고 다른 관료들은 교원을 겸하지 않아 그럴지도 모른다고 생각하니 이내 속이 풀리는 거였다.

그도 쪼들리긴 했지만 교원단체에 가입하진 않았다. 그러나 모두들 동맹휴업을 결의하자 수업을 하지는 않았다. 정부가 "수업을 해야급료를 지급한다"고 했을 때, 과일로 원숭이를 놀리는 것 같아 그제서야 얼마간 미운 생각이 들었다. 어떤 대大교육가가 "교원이 한 손에 책가방을 끼고 한 손으로 돈을 요구하는 것은 고상하지가 않다"고 했을 때, 비로소 그의 아내에게 정식으로 푸념을 터트렸던 것이다.

"어이, 반찬이 겨우 두 가지뿐이야?" '비非고상설'을 접한 그날, 그가 저녁 밥상머리에서 던진 말이었다.

신교육을 받은 적이 없어 아내에게 학명學名이나 아호雅號가 없었으니 딱히 호칭이라 할 만한 게 없었다. 옛날대로 '부인'이라 부를 수 있겠지만 지나친 수구守舊는 원치 않았다. 그리하여 '어이'란 호칭을 발명해 낸 것이었다. 아내는 그에게 '어이'조차 필요 없었다. 그쪽으로 얼굴을 대고 말을 하기만 하면 관습법에 따라 으레 그에게 하는 말임을 알게 되는 것이었다.

"근데 지난달 받아 온 반달 치도 바닥이 났어요.…… 어제 쌀도 간신히 외상으로 가져온 거예요." 그녀는 탁자 옆에 서서 얼굴을 빤히 쳐다보며 말했다.

"거 보라구. 교원이 봉급을 요구하는 게 비루한 거냐구. 저들은 사람이면 밥을 먹어야 하고 밥은 쌀로 지어야 하고 쌀은 돈으로 사야 한다는 멀쩡한 사실조차 모르는 모양이야……."

"그러게요. 돈 없이 어떻게 쌀을 사고 쌀 없이 어떻게 밥을 짓는다고……."

그의 두 볼이 불퉁해졌다. 부인의 대답이 자기 의견과 '그게 그거'였는지라 부화뇌동에 가까운 듯하여 부아가 치민 것이다. 그리하여 고개를 다른 쪽으로 홱 돌려 버렸다. 습관에 의하면 이는 토론 중지를 선언하는 표시였다.

소슬한 바람에 찬비가 내리던 어느 날, 교원들은 밀린 봉급 지급을 요구하러 정부청사로 향했다. 신화문新華門 앞 진흙탕에서 군인들에게 머리를 얻어터져 피를 흘리고 난 뒤, 겨우 얼마간의 봉급이 지불되었다. 손 하나 까딱 않고 돈을 받게 된 팡쉬안춰는 오래된 빚을 일부

갚았지만 큰 빚은 아직 그대로였다. 관료들의 봉급도 상당 부분 밀려 있었기 때문이다. 이젠 청렴한 관리들도 봉급 지불을 요구하지 않으면 안 되겠단 생각을 갖는 마당에 하물며 교원을 겸하고 있는 그가 교육계에 동조를 표시하고 나선 건 자연스런 일이었다. 그래서 모두들 동맹휴업을 계속해야 한다고 주장했을 때, 비록 그 자리에 참석하진 않았지만 기꺼이 공동 결의를 준수했던 것이다.

하지만 정부는 결국 다시 급료를 지불했고 그리하여 학교도 다시 수업을 재개하게 되었다. 그런데 며칠 전 학생총회가 정부에 청원서를 제출했다. "교원이 수업을 안 한다면 급료를 지불해선 안 된다"는 것이었다. 비록 무효가 되긴 했지만, 팡쉬안춰는 지난번 정부가 말한 "수업을 해야 급료를 지급한다"는 말이 문득 떠올라 '그게 그거'라는 그림자가 자꾸만 눈에 어른거렸다. 그래서 교실에서 그것을 공표하게 된 것이었다.

이로 미루어 '그게 그거 설'을 대충 짜맞춰 보자면 물론 사심이 섞인 불평으로 판정할 수도 있겠지만 그렇다고 해서 관리인 자신을 변명한 말이라 할 수만도 없었다. 다만 그때마다 그는 늘 중국의 장래 운명 같은 문제를 끌어들임으로써 부지중에 자기 자신을 우국지사로 만들어 버리곤 했던 것이다. 인간이란 딱하게도 '자기를 아는 지혜'가 부재하는 존재인 것이다.

그런데 '그게 그거'인 사건이 또 발생했다. 애초 정부는 골칫거리 교원들을 상대하지 않았다. 하지만 그 뒤 아프지도 가렵지도 않은 관료들까지 상대를 하지 않아 급료가 밀리고 또 밀리게 되었다. 그리하여 마침내 교원의 급료 요구를 비웃던 선량한 관리들까지 급료 지불 대회의 투사로 만들고 말았다. 몇몇 신문이 그들을 경멸하고 조소하는 글을 실었을 뿐이다. 팡쉬안춰는 조금도 이를 이상히 여기지 않았을 뿐 아니라 마음을 쓰지도 않았다. '그게 그거 설'에 근거하자면, 신문기자가 아직 원고료를 못 받아 본 일이 없어서 그런 것으로, 만일 정부나 부호들이 보조금을 끊는다면 그들도 대부분 대회를 열 것이기 때문이었다.

이미 교원 급료 지불에 동조하고 있었으니 동료의 급료 지불 요구를 지지하고 있었음은 물론이다. 하지만 그는 늘 그랬듯이 관청에 편안히 앉아 빚 독촉에 동참하진 않았다. 혹자는 그가 고고하다고 생각했지만, 그건 일종의 오해에 불과했다. 그 자신의 말대로, 자신은 이 세상에 태어난 이래 남에게 빚 독촉을 당했을 뿐 자기가 빚 독촉을 해 본 적은 한 번도 없었다. 그래서 이런 일엔 '깜이 못 된다'는 거였다. 게다가 그는 경제를 주무르는 큰손을 만나는 일에 가장 서툴렀다. 이런 자들은 권력을 잃고 나서 『대승기신론』大乘起信論을 강론할 때에는 더없이 '온화하고 가까이할 만'했다. 그러나 보좌에 앉아 있을 때에는 염라대왕의 얼굴로 다른 사람을 노예 보듯 하면서 '너희 비렁뱅이들의 생사여탈권은 내가 쥐고 있어' 하기가 십상이었다. 그래서 감히 만나 볼 엄두가 나지 않았고 만나고 싶지도 않았던 것이다. 이런 기질을 이따금 고고한 것이려니 생각해 보기도 했지만 동시에 '재주가 없다는 이야기지' 하는 회의도 곧잘 이는 것이었다.

모두들 이리저리 변통을 해서 한 철 한 철을 빠듯하게 넘기고 있었지만, 팡쉬안춰의 형편은 예전에 비해 극도로 궁색해져 있었다. 그래서 부리던 하인이나 거래하던 가게 주인은 말할 것도 없고 아내마저 그에 대한 존경심이 차츰 감소되는 추세였다. 그녀가 요즘 부화뇌동하지도 않고 게다가 늘 독창적인 의견을 제출하는가 하면 제법 당돌한 거동을 보이는 것만 봐도 그렇단 걸 알 수 있었다. 음력 오월 초나흗날 오전, 그가 집에 돌아오자마자 아내는 한 묶음의 계산서를 코앞에 들이밀었다. 전에 없던 일이었다.

"도합 180원은 있어야 돼요……. 나왔어요?" 그녀는 그를 쳐다보지도 않고 말했다.

"흥. 난 내일부터 관료 노릇 집어치울 거야. 수표는 타 왔는데, 급료 지불 대회 대표가 주질 않는 거야. 처음엔 함께 가지 않은 사람에겐 안 주겠다더니 나중엔 또 자기네 앞에 와서 타 가라는 거야. 그자들 수표를 쥐더니 금세 염라대왕 얼굴로 변하는 거야. 정말 꼴도 보기 싫어…… 나는 돈도 필요 없고 관료 짓도 그만둘 거야. 하도 비굴해서……."

전에 없던 의분에 그녀는 다소 놀랐지만 이내 침착하게 말을 받았다.

"제 생각엔요. 직접 가서 받는 게 좋겠어요. 그게 무슨 대수라구." 그녀가 그의 얼굴을 보며 말했다.

"난 안 가! 이건 관료 봉급이지 상금이 아니란 말야. 예전처럼 회계과에서 보내와야 하는 거라구."

"헌데 안 보내면 또 어째야 되는 거죠?…… 아 참, 어젯밤 깜박했는데, 애들이 수업료 얘기를 하길래, 학교에서 이미 몇 차례 독촉을 했대요. 더 이상 미루다간⋯⋯."

"쓸데없는 소리! 애비가 일하고 가르친 건 돈도 안 주면서 아이 공부 좀 시켰다고 돈을 내라고?"

그가 지금 이치를 따질 형편이 못 되는 데다가 마치 교장이나 된 양 역성을 부리는 것이 소용없겠다 싶어 그녀는 더 이상 말을 하지 않았다.

둘은 아무 말 없이 점심을 먹었다. 한동안 생각에 잠겨 있던 그는 언짢은 기분으로 또 외출을 했다.

관례대로라면 명절이나 세모 전날에는 밤 열두 시가 다 되어서야 집으로 돌아왔다. 오면서 주머니를 뒤적여 큰소리로 "어이, 받아!" 하면서 빳빳한 중국은행 지폐나 교통은행 지폐 한 다발을 건네며 의기양양한 표정을 짓곤 했던 것이다. 그런데 초나흘 이날 관례를 깨고 일곱 시도 안 되어 돌아올 줄 누가 알았겠는가. 그녀는 깜짝 놀라 '기어이 사표를 쓰고 말았구나' 하고 생각했다. 그런데 슬쩍 그의 얼굴을 살펴보니 특별히 사나운 기색은 찾아보기 어려웠다.

"어쩐 일이세요?⋯⋯ 이렇게 일찍?⋯⋯" 그녀가 그를 빤히 쳐다보며 말했다.

"못 받았어. 찾질 못했어. 은행이 문을 닫아 버려 초여드레까지 기다려야 해."

"직접 받으러?⋯⋯" 그녀가 불안스레 물었다.

"직접 수령하는 일은 진즉에 취소됐어. 예전대로 회계과에서 나

뉘 준다두만. 그러나 오늘은 은행이 이미 문을 닫았고 사흘을 쉰다고 하니 초여드레 오전까지 기다려야지 뭐." 그는 앉아서 땅바닥을 바라보며 차를 한 모금 마시고는 천천히 입을 열었다. "다행히 관청엔 아무 문제도 없어. 초여드레엔 분명 돈이 생길 게야. …… 데면데면한 친척이나 친구한테 돈을 빌린다는 게 참 힘들더군. 오후에 염치불구하고 진융성金永生을 찾아가 이야기를 한참 나누었어. 그 작자 처음엔 내가 봉급 청구하러 가지 않은 일이나 직접 타러 가지 않은 일을 두고 고결하다느니 사람이라면 응당 그래야 된다느니 한껏 치켜세우더군. 그런데 내가 그에게 돈 오십 원을 융통하러 온 줄 알고는 한 줌 소금을 털어 넣기라도 한 양 오만 인상을 찡그리면서 집세가 안 걷힌다느니 장사가 밑진다느니 엄살을 피워 대는 거야. 그러더니 동료한테 돈 타러 가는 게 뭐가 어떻다고 그러냐며 나더러 즉각 받으러 가 보라는 거야."

"명절이 이렇게 코앞인데 누가 순순히 돈을 꾸어 주려 하겠어요?" 아내는 담담히 대답할 뿐 전혀 분개하지 않았다.

팡쉬안춰는 고개를 숙였다. 생각해 보니 그것도 무리는 아니었다. 게다가 본래 진융성과는 소원한 사이이기도 했던 것이다. 문득 작년 세모 때의 일이 떠올랐다. 동향 사람이 십 원을 꾸러 왔던 것이다. 그때 멀쩡히 관청의 보증수표를 받아 놓고도 그자가 빚을 못 갚을지도 모른다는 생각이 들어 관청 봉급은커녕 학교 급료도 못 받았노라 둘러대면서 "안됐지만 도와 드릴 수가 없소"라는 말로 그를 빈손으로 보냈던 것이다. 그때 자기가 어떤 얼굴을 가장하고 있었는지 보진 못

했지만, 안절부절 입술을 파르르 떨며 고개를 잘래잘래 흔들었던 것 같았다.

조금 뒤 그는 큰 깨달음을 얻은 듯 부리는 아이에게 명하여 거리로 나가 롄화바이蓮花白 한 병을 외상으로 가져오라고 했다. 술집에선 내일 외상을 갚아 주길 바랄 터이니 외상을 거절하진 않을 거란 걸 알고 있었다. 만일 외상을 주지 않으면 내일 한 푼도 갚지 않으리라. 응당 그들이 받아야 할 징벌인 것이다.

롄화바이가 외상으로 왔다. 두 잔을 마시자 창백한 얼굴이 불콰하게 달아올랐다. 밥을 먹고 나니 제법 기분이 좋아졌다. 그는 하더먼哈德門 궐련 한 개비에 불을 붙였다. 침대에 누워 『상시집』[2]이나 읽을 참이었다.

"그럼, 내일 가게 주인한텐 뭐라 하죠?" 아내가 쫓아와 침상 앞에 서서 얼굴을 보며 말했다.

"가게 주인?…… 초여드레 오후에 오라 그래."

"나는 그런 말 못 하네요. 믿지도 않을 거고 그리하지도 않을 거니까."

"뭘 못 믿겠다고 그래. 가서 물어보라 그래. 관청 사람들 가운데 아무도 봉급을 못 받았다니까. 모두들 초여드레는 되어야 돼." 그는 둘째손가락을 세워 모기장 안 허공에 반원을 그렸다. 그녀가 손가락을 따라가 보았지만 손으로 『상시집』을 펼치는 모습밖에 보이지가 않았다.

그가 억지를 부리는 통에 아내는 잠시 말문이 막혔다.

"이 모양으로 도저히 꾸려 갈 수가 없을 것 같아요. 앞으로 무슨 방법을 강구해서 다른 일을 하든지 해야지……." 마침내 그녀가 말머리를 돌리며 말했다.

　"무슨 방법? 나는 '문文은 필경사만도 못하고 무武는 소방수만도 못 해'. 달리 뭘 하라는 거야?"

　"상하이 출판사에 글을 써 주지 않으셨어요?"

　"상하이 출판사? 원고는 글자 하나씩 계산하고 빈칸은 세지도 않아. 내가 거기 쓴 백화시를 봐. 여백이 얼마나 많아. 한 권에 고작 삼백 푼 정도나 되겠지. 인세도 반년 동안 무소식이야. '먼 곳의 물로 가까운 불을 끌 순 없는 법.' 누군들 견뎌 내겠어."

　"그럼, 이곳 신문사에다……."

　"신문사에 주라고? 이곳 큰 출판사에서 편집 일을 하고 있는 내 제자를 통한다 해도 천 자에 몇 푼밖에 안 돼. 아침부터 밤까지 써 봤자 당신네들이나 먹여 살릴 수 있겠냐구? 게다가 내 뱃속에 그리 많은 글이 들어 있는 것도 아니고."

　"그럼, 명절 쇠고 나면 어떻게 하실려구요?"

　"명절 쇠고 나면? 해온 대로 관리 노릇이나 해야지…… 내일 가게 주인이 돈 달라고 오면 초여드레 오후에 오라고만 해."

　그는 또 『상시집』으로 눈이 갔다. 아내는 이때를 놓칠세라 더듬거리며 말했다.

　"명절 쇠고 초여드레가 되면 우리…… 복권이나 한 장 사는 게 어때요……."

"쓸데없는 소리! 못 배운 티를 내기는⋯⋯."

이때 그는 문득 진용성에게 떠밀려 나온 뒤의 일이 생각났다. 명하니 식품가게 다오샹춘^{稻香村}을 지나올 때 문 앞에 됫박만 한 큰 글씨로 '당첨 몇 만 원'이라 써 붙인 광고를 보고는 마음이 동했던 것이다. 어쩌면 발걸음이 느려졌으리라. 하지만 주머니엔 육십 전밖에 없었고 그것마저 아까워 미련 없이 그 자리를 지나쳤던 것이다. 그의 안색이 변하자, 아내는 자기의 무식함에 화가 난 줄 알고 말도 끝맺지 못한 채 얼른 물러났다. 팡쉬안춰도 말을 하다 말고 허리를 쭉 펴더니 중얼중얼 『상시집』을 읽기 시작했다.

1922년 6월

주)_____

1) 원제는 「端午節」, 1922년 9월 상하이 『소설월보』 제13권 제9호에 발표했다.

2) 『상시집』(嘗詩集)은 신문화운동의 주역 중 하나인 후스(胡適)의 시집이다. 현대시라는 새로운 형식이 이 시집을 통해 시도되었다.

흰 빛¹⁾

천스청陳士成이 현시縣試 합격자 방榜을 보고 집으로 돌아왔을 때는 이미 오후였다. 아침 일찍 집을 나선 그는 방에서 먼저 천陳 자를 찾았다. 적지 않은 천 자들이 앞다투어 그의 눈 속으로 뛰어드는 듯했다. 하지만 이어지는 글자는 어느 것도 스청이 아니었다. 그리하여 다시 한번 열두 장 둥그렇게 나붙은 방을 찬찬히 살펴 나갔다. 사람들은 모두 흩어졌지만, 천스청은 끝내 자신의 이름을 찾지 못하고 홀로 과거장 벽 앞에 우두커니 서 있었다.

서늘한 바람에 희끗한 그의 짧은 머리칼이 가볍게 흩날렸다. 초겨울 태양이 따뜻하게 그를 내리쬐고 있었다. 하지만 그는 어지러운 듯 안색이 점점 창백해졌다. 피곤으로 충혈된 두 눈에선 야릇한 광채가 뿜어 나오고 있었다. 벽에 붙은 방문이 눈에 들어오지 않은 지는 제법 되었다. 새까만 동그라미들이 무수히 눈앞을 떠다닐 뿐이었다.

수재秀才에 급제하고 나서 향시鄕試를 보러 성에 가고 내처 차례로 관문을 통과하면…… 지역 유지들이 온갖 방법을 써서 혼담을 꺼낼 테고, 사람들은 신을 경외하듯 바라보며 지금까지의 경멸과 자신들의 멍청함을 깊이 뉘우치겠지…… 이 낡아 빠진 집에 세 들어 사는 자들을 쫓아내고…… 뭐 그럴 것까지야, 내가 이사를 가면 되지 뭐…… 집은 전부 새로 짓고 대문엔 깃대와 편액을 거는 거야…… 고관대작이 되려면 서울서 벼슬살이를 해야 될 거고, 그렇지 않다면 차라리 지방관 쪽이 나을 거야……. 평소 이리저리 계획을 세워 둔 전도前途가 순식간에 무너져 조각만이 남았다. 그는 산산이 부서진 육신을 수습해 망연히 집으로 난 길로 들어섰다.

대문 앞에 이르자 일곱 명의 학동들이 일제히 목청을 돋우어 책을 읽기 시작했다. 그는 깜짝 놀랐다. 마치 귓전에 종소리가 울리는 것 같았다. 작은 변발을 늘어뜨린 일곱 개 머리가 눈앞에 어른거리더니 온 방 가득 퍼졌다. 검은 동그라미까지 뒤섞여 춤을 추고 있었다. 그가 자리에 앉자 아이들이 오후 숙제를 제출했지만 하나같이 그를 깔보는 기색이 역력했다.

"돌아들 가거라." 그는 잠시 머뭇거리다가 참담한 기분으로 입을 열었다.

아이들은 후다닥 책 보따리를 싸서 옆구리에 끼고는 한 줄기 연기처럼 내빼 버렸다.

무수히 작은 머리들이 검은 동그라미와 어우러져 때론 뒤섞였다가 때론 이상한 모양으로 늘어서며 춤을 추고 있었다. 하지만 차츰 줄어들더니 마침내 흐릿해지고 말았다.

"또 땡쳤구먼!"

그는 깜짝 놀라 벌떡 몸을 일으켰다. 분명 귓전에서 소리가 들렸다. 고개를 돌려 보았지만 아무도 없었다. 또다시 댕 하며 종소리가 울리는 듯하더니 자기 입에서도 말이 새어 나왔다.

"또 땡쳤구먼!"

갑자기 그는 한 손을 들어 손가락을 꼽으며 생각에 잠겼다. 열한 번, 열세 번, 금년까지 열여섯 번, 문장을 알아보는 시험관이 하나도 없다니, 눈이 있어도 장님이니 가련한 일이로다, 이렇게 생각하니 자기도 모르게 피식 웃음이 나왔다. 하지만 분통이 치미는 건 어쩔 수가 없었다. 그리하여 책 꾸러미 아래서 필사한 팔고문八股文과 시첩試帖을 꺼내들고 밖으로 달려 나갔다. 대문 근처에 이르자 눈앞이 환해지는 것이 한 무리 닭들마저 그를 비웃고 있는 듯했다. 쿵쿵거리는 가슴을 억누를 수가 없어 어쩔 수 없이 추스르며 안으로 돌아섰다.

그는 또다시 주저앉았다. 눈빛이 유난히 번쩍거렸다. 눈엔 무수한 것들이 보였지만 희미했다. 무너져 내린 전도가 그 앞에 드러누워 있었다. 이 길이 점점 넓어지더니 그의 모든 길을 막아 버렸다.

이웃에선 밥 짓는 연기가 벌써 사라졌고 설거지도 끝냈지만 천스청은 아직 밥도 하지 않았다. 이 집의 세입자들은 현시가 있는 해 방이 나붙는 날 이런 그의 눈빛을 보면 일찌감치 문을 걸어 잠그는 것이 상책이라는 걸 오랜 경험으로 알고 있었다. 맨 먼저 사람 목소리가 끊겼고 이어서 하나둘 등불도 꺼졌다. 시린 밤하늘에 서서히 달이 솟았다.

하늘은 바다처럼 푸르렀다. 뜬구름은 누군가가 물에 붓을 씻어 낸 듯 하늘거렸다. 달은 천스청을 향해 냉랭한 빛을 쏟아붓고 있었다. 처음엔 방금 닦아 낸 쇠거울 같았는데, 신기하게 천스청의 전신을 투사하더니 이내 무쇠 같은 그림자를 만들어 내는 것이었다.

그는 아직도 바깥마당을 배회하고 있었다. 이제 눈은 제법 맑아졌고 사방도 고요했다. 그런데 어쩐 일인지 갑자기 정적이 깨지면서 촉급한 저음이 귓전을 파고들었다.

"왼쪽으로 돌아서 오른쪽으로 돌면……"

그는 흠칫 놀라 귀를 기울였다. 그 소리는 좀더 크게 되풀이되었다. "오른쪽으로 돌아라!"

그는 알고 있었다. 자기 집안이 지금처럼 영락하지 않았을 때 여름이면 밤마다 이 마당에서 할머니와 바람을 쐬곤 했다. 그땐 열 살 안팎의 꼬마에 불과했다. 대나무 평상에 누워 있으면 할머니는 평상 옆에 앉아 재미있는 옛날이야기를 들려주셨다. 할머니 말로는, 할머니의 할머니에게 이런 이야기를 들었다는 거였다. 천씨의 조상은 어마어마한 갑부였는데, 이 집이 그 기반이라 했다. 조상은 엄청난 은자를 이 집 어딘가에 묻어 두었다. 복 많은 자손이 찾으리라 했지만 여태 발견되지 않았다는 거였다. 그 장소가 수수께끼로 남아 있었던 것이다.

"왼쪽으로 돌아서 오른쪽으로 돌아라. 앞으로 갔다가 뒤로 가거라. 금이며 은이 수북할 테니."

평소 천스청은 이 수수께끼에 대해 나름대로 요량하는 바가 있었다. 그러나 대개 맞았다 싶으면 빗나가고 마는 것이었다. 한번은 탕唐 씨에게 세 준 집 아래일 거라는 확신이 들었지만 차마 파러 갈 용기가

나지 않았다. 한참 지나고 나면 또 허방을 짚었다는 생각이 들었다. 집
안 곳곳에 파헤친 흔적은 몇 번 과거에 낙방한 뒤 생긴 발작의 흔적이
었다. 그 뒤 자기가 봐도 창피하고 부끄러워 고개를 들 수 없었다.

그런데 오늘은 쇠 같은 빛이 그를 뒤덮으며 또다시 그를 나긋이
이끄는 거였다. 혹시 그가 주저할세라 확실한 증거를 보여 준 뒤 슬
쩍 추임새를 넣음으로써 시선을 자기 집 쪽으로 향하지 않을 수 없게
했다. 흰 빛이 마치 흰 부채처럼 일렁이며 그의 집 안을 번쩍이고 있
었다.

"이 자리였구나!"

이렇게 말하면서 그는 사자처럼 날렵하게 집 안으로 들어왔다.
안으로 들어서자 갑자기 빛의 종적이 묘연해졌다. 쓰러져 가는 집 한
칸과 부서진 탁자들만 어둠에 잠겨 있었다. 그는 멍하니 서서 다시 천
천히 눈을 모으자 다시 흰 빛이 피어났다. 이번엔 더 넓고 유황불보다
더 하얗고 아침 안개보다 더 희미했다. 게다가 동쪽 벽으로 기댄 책상
아래서 피어나고 있었다.

사자처럼 문 뒤로 달려가 괭이를 집는 순간 검은 그림자에 몸을
부딪히고 말았다. 섬찟해서 황급히 불을 켜 보니 괭이는 그대로 세워
져 있었다. 그는 책상을 옮기고 벽돌 넉 장을 단숨에 들어냈다. 쭈그리
고 앉아 보니 늘 그래 왔듯 그 아래는 누르스름한 잔모래였다. 소매를
걷어붙이고 모래를 파헤치자 그 아래 검은 흙이 드러났다. 그는 조심
조심 아주 조용히 땅을 파내려 갔다. 하지만 심야의 정적은 괭이 날의
둔중한 울림을 감추지는 못했다.

두 자나 파들어 갔지만 항아리는 보이질 않았다. 천스청은 초조해졌다. 그때 쨍하는 소리가 나며 손에 저림이 왔다. 괭이 날에 뭔가 단단한 것이 부딪힌 것이다. 급히 괭이를 던지고 더듬어 보니 커다란 벽돌 한 장이었다. 그의 심장이 가파르게 떨렸다. 정신을 가다듬고 벽돌을 파내 보니 그 아래는 예전과 같은 검은 흙이었다. 흙을 파내고 또 파냈지만 끝이 없을 것 같았다. 그런데 또 단단하고 작은 무언가가 느껴졌다. 둥그런 것이 녹슨 동전인 듯했다. 그 밖에 깨진 사기조각 몇 개가 더 나왔다.

천스청은 마음이 텅 빈 것 같았다. 흠뻑 땀에 젖은 채 조급하게 땅만 긁어 댈 뿐이었다. 그때 심장이 공중에서 파르르 떨렸다. 또다시 이상한 물건이 감지된 것이다. 말발굽 모양으로 생긴 것이었는데 손을 대 보니 퍼석거렸다. 그는 다시 정신을 집중해서 그것을 파냈다. 조심스레 들어올려 등불 아래 자세히 살펴보았다. 군데군데 벗겨져 있는 것이 아무래도 썩은 뼈다귀 같았다. 듬성듬성한 이빨이 그 위에 한 줄로 늘어서 있었다. 이것이 아래턱뼈임을 이미 직감하고 있었다. 그런데 그 뼈가 손 안에서 덜커덕거리더니 히죽히죽 입을 여는 것이었다.

"또 땡쳤구먼!"

오싹 한기가 들어 순간 손을 놓아 버렸다. 턱뼈가 구덩이 속으로 데굴데굴 굴러 들어갔다. 그도 마당으로 도망을 치고 말았다. 집 안을 훔쳐보니 등불은 여전히 환히 켜져 있었고 턱뼈는 여전히 그를 조소하고 있었다. 하도 무서워서 그쪽을 바라볼 엄두가 나지 않았다. 저만치 처마 밑 어둠 속에 몸을 숨기고서야 마음이 안정되었다. 그런데 평온 속에서 또다시 나지막한 목소리가 귓전을 파고들었다.

"여긴 없어…… 산으로 가 봐……."

그러고 보니 낮에도 길거리에서 누군가에게 그런 소리를 들은 것 같았다. 소리가 끝나기도 전에 퍼뜩 깨닫는 바가 있었다. 고개를 들어 하늘을 보니 달은 이미 서고봉西高峰 뒤로 숨은 뒤였다. 성에서 삼십오 리나 떨어진 서고봉이 눈앞에 홀笏처럼 시커멓게 서 있었다. 그 주변으로 광대한 흰 빛이 퍼져 나오고 있었다.

게다가 흰 빛은 아득하면서도 지척이었다.

"그래, 산으로 가자!"

결심을 한 그는 쓰린 마음으로 뛰쳐나갔다. 몇 번 문 여는 소리가 들리더니 더 이상 어떤 소리도 들리지 않았다. 등불이 커지면서 빈 방과 구덩이를 비추더니 마침내 몇 번 바지직거리다 점점 사그라들었다. 기름이 다 된 것이다.

"성문을 열어라~"

공포 어린 희망의 비명이 여명 속 서문 앞에서 아지랑이처럼 떨리고 있었다.

이튿날 누군가가 서문 밖 십오 리 떨어진 완류후萬流湖에서 시체 하나가 떠 있는 걸 발견했다. 그 소문이 삽시간에 퍼져 마침내 지보地保의 귀에까지 들어갔다. 마을 사람들을 시켜 건진 시체는 쉰 정도 남자로 '보통 몸집에 얼굴은 희고 수염이 없었'고 온몸에 실오라기 하나 걸치지 않았다. 누군가가 시체의 주인이 천스청이라 했다. 그러나 이 옷들은 귀찮은 듯 보러 가지도 않았다. 시신을 인수할 친척도 없었으므로 현 의원의 검시를 거친 후 지보에 의해 매장되었다. 사인은 물론 문제될 것이 없었다. 죽은 시체의 옷을 벗겨 가는 건 늘 있는 일이었으므로 타살의 혐의를 둘 필요는 없었다. 게다가 검시인의 증언으로는 산 채로 물에 빠졌다는 거였다. 물에서 발버둥을 친 것이 확실했기 때문이다. 열 손가락 밑에 강바닥 진흙이 잔뜩 끼어 있었던 것이다.

1922년 6월

주)_____

1) 원제는 「白光」, 1922년 7월 10일 상하이 『동방잡지』 제19권 제13호에 발표했다.

토끼와 고양이[1]

후원後園에 사는 셋째댁이 여름에 흰 토끼 한 쌍을 샀다. 아이들에게 보여 주려던 것이었다.

놈들은 젖을 뗀 지가 얼마 되지 않은 듯했다. 짐승일망정 나름대로 천진난만함이 있었다. 그래도 작고 새빨간 귀를 쫑긋 세우고 코를 벌름거리며 눈동자에 벙벙한 기색을 드러내는 걸 보면 생면부지의 장소에 끌려오느라 제 집에서의 평정을 잃어버린 듯했다. 이런 놈들이라면 장날 사당 앞 장터에 나가면 이십 전 정도면 충분할 텐데 일 원이나 주었다고 했다. 심부름꾼을 시켜 가게에 가서 샀기 때문이다.

아이들은 물론 기뻐 어쩔 줄을 몰라 떠들썩하니 구경에 여념이 없었다. 어른들도 마찬가지였다. 그리고 S라 부르는 강아지도 덥석 달려들어 코를 킁킁대더니 한바탕 재채기를 하고는 몇 걸음을 물러섰다. 셋째댁이 "S, 잘 들어, 물면 안 돼"라며 단단히 이르고 머리를 한 대 쥐어박자 S는 물러나 더 이상 물려고 하지 않았다.

놈들은 뒷마당에 갇혀 있을 때가 많았다. 걸핏 하면 벽지를 물어 뜯거나 상다리 같은 것을 갉아 댔던 모양이다. 마당엔 야생 뽕나무 한 그루가 있었다. 오디가 떨어지면 그걸 좋아해서 시금치는 아예 거들 떠보지도 않았다. 까마귀나 까치가 내려앉으려 하면 잔뜩 몸을 웅크 렸다가 뒷발을 걷어차며 펄쩍 뛰어오르는데 마치 새하얀 눈덩이가 날 아오르는 것 같았다. 그러면 까마귀나 까치는 놀라서 황급히 달아나 버리는 거였다. 몇 번 그러고 나니 놈들은 더 이상 다가오려 하질 않았 다. 셋째댁 말에 의하면, 까마귀나 까치야 기껏 먹이를 낚아채는 정도 지만 밉살스런 건 몸집이 큰 검은 고양이였다. 놈은 늘상 낮은 담에 엎 드려 사납게 노려보고 있어서 방비를 하지 않으면 안 되었다. S가 고 양이와 앙숙이라는 것이 그나마 다행이라면 다행이었다.

꼬마들은 늘 이놈들을 붙들고 살았다. 놈들은 아주 온순해서 귀 를 쫑긋 세우고 코를 벌름거리며 꼬마들 손바닥 위에 얌전히 있다가 틈만 보이면 폴짝 뛰어내려 내빼는 것이었다. 놈들의 잠자리는 자그 만 나무상자였는데, 안엔 짚을 깔아서 뒤창 처마 아래 놓여 있었다.

이렇게 몇 달이 지났다. 그런데 어느 날 놈들이 갑자기 땅을 파기 시작했다. 파는 솜씨가 보통이 아니었다. 앞발로 긁고 뒷발로 차 내는 데 반나절도 못 되어 깊은 굴 하나가 만들어졌다. 모두들 이상하게 여 겼지만 나중에 자세히 살펴보니 한 놈의 배가 다른 놈보다 훨씬 불러 있었다. 다음 날 놈들은 마른풀과 나뭇잎을 굴로 물어 나르느라 한나 절을 부산을 떨었다.

모두들 새끼를 볼 수 있다는 기대감에 마음이 부풀었다. 셋째댁은 아이들에게 이제 더 이상 손을 대선 안 된다고 엄명을 내렸다. 어머니도 기뻐하시며 놈들이 젖을 떼면 두어 마리 얻어다가 창밖에 놓고 기르자고 했다.

그후로 놈들은 굴속에서 살면서 이따금 나와 먹이를 먹곤 하더니 그 뒤로 아예 보이질 않았다. 미리 식량을 저장해 둔 것인지 아니면 먹지 않고 있는 것인지 알 길이 없었다. 열흘이나 지났을까, 셋째댁이 내게 말했다. 두 마리가 다시 나왔는데 새끼가 태어나자마자 모두 죽어 버린 것 같다고 말이다. 그도 그럴 것이 암놈 젖이 퉁퉁 불어 있는데도 젖을 먹인 흔적이 보이지 않았기 때문이다. 어투에 다소 화가 묻어났지만 어쩔 수 없는 일이었다.

햇살이 따스하고 바람도 없어 나뭇잎이 미동도 하지 않는 날이었다. 갑자기 어디선가 사람들이 웃고 떠드는 소리가 들려왔다. 소리 나는 곳을 보니 사람들이 셋째댁 뒤창에 기대어 무언가를 바라보고 있었다. 새끼 토끼 한 마리가 마당을 폴짝거리며 뛰어다니고 있었다. 이놈은 제 부모가 팔려 왔을 때보다 훨씬 작았지만 벌써 뒷발을 차며 깡총거리고 있었다. 꼬마들이 앞다투어 내게 일러 준 바에 의하면, 또 한 마리가 굴 밖으로 고개를 내밀었다가 숨어 버렸는데 틀림없이 이놈의 동생일 거라고 했다.

그 작은 것이 풀잎을 주워 먹으려 하자 큰 놈은 이를 허락지 않는 듯 입으로 빼앗어 버리곤 했다. 그렇다고 자기가 먹는 것도 아니었다. 꼬마들이 소리 내어 웃자 작은 것이 놀라 굴속으로 들어가 버렸다. 큰 놈도 굴 입구까지 뒤따라가 앞발로 새끼 등을 들이민 다음 흙을 긁어 굴을 막아 버렸다.

그후로 마당은 더욱 소란스러워졌고 창문에서도 항상 누군가가 내다보고 있었다.

그런데 언제부턴가 큰 놈 작은 놈 할 것 없이 전혀 모습을 볼 수가 없었다. 당시 연일 날이 흐렸는데, 셋째댁은 검은 고양이의 마수에 당한 게 아닐까 걱정이 이만저만이 아니었다. 나는 그렇지 않을 거라고 했다. 날이 추워 숨어 있는 게 당연하고 햇볕이 들면 나올 거라고 이야기해 주었다.

그런데 햇볕이 들어도 놈들은 보이지 않았다. 그리하여 모두들 까마득히 잊어버리고 말았다.

놈들에게 늘 시금치를 먹이던 셋째댁만이 놈들을 잊지 못하고 있었다. 한번은 그녀가 뒷마당에 갔다가 담벼락 모퉁이에 다른 구멍 하나가 나 있는 걸 발견했다. 다시 예전 굴을 살펴보았더니 입구에 수많은 발톱자국이 희미하게 나 있었다. 그 발톱은 큰 놈 것이라 하기엔 너무 컸다. 그녀는 늘 담장 위에서 도사리고 있던 검은 고양이를 의심했다. 그리하여 그녀는 굴을 파 보아야겠다는 결심을 하기에 이르렀다. 마침내 그녀는 괭이로 굴을 파들어 갔다. 미심쩍긴 했지만, 그래도 새끼 토끼가 있을지도 모른다는 희망을 잃지 않았다. 끝까지 파들어 가자 썩은 풀 더미 위에 약간의 토끼털밖에 없었다. 새끼를 낳을 때 깔아 둔 것이리라. 그 밖엔 썰렁하기만 했다. 새하얀 새끼는커녕 굴 밖으로 고개를 내밀었던 동생조차 보이지가 않았다.

분노와 실망과 처량함이 그녀로 하여금 담 모퉁이 새 굴을 파 보지 않을 수 없게 만들었다. 괭이가 닿자마자 큰 놈이 먼저 굴 밖으로 뛰쳐나왔다. 여기로 이사를 왔다는 생각에 그녀는 너무 기뻤다. 그녀는 계속 파들어 갔다. 바닥까지 파들어 가자 여기도 풀잎과 토끼털이 깔려 있었다. 그 위로 아주 작은 새끼 일곱 마리가 잠을 자고 있었다. 온몸이 발그스름한 것이 자세히 보니 아직 눈도 뜨지 않은 채였다.

모든 게 명백해졌다. 셋째댁의 추측이 틀리지 않았던 것이다. 그녀는 위험을 예방하기 위해 일곱 마리를 모두 나무상자에 넣어 자기 방으로 데리고 갔다. 큰 놈도 상자 속에 밀어 넣어 억지로 젖을 빨리게 했다.

그 뒤 셋째댁은 검은 고양이를 증오했을 뿐 아니라 어미의 처사에도 마뜩해하지 않았다. 그녀 말에 의하면, 애초 두 마리가 봉변을 당하기 전에 작은 놈이 더 있었을 거라는 것이었다. 두 마리만 낳았을 리가 없을 것이고 젖을 골고루 먹이지 않아서 경쟁에 밀린 놈들이 먼저 죽었을 거라는 거였다. 아마 틀리지 않을 것이다. 일곱 마리 중 두 마리는 깡말라 있으니 말이다. 그래서 셋째댁은 틈만 나면 어미를 붙잡아 한 마리 한 마리씩 돌아가며 젖을 빨게 했다. 많이 먹거나 적게 먹지 않도록 말이다.

어머니는 내게 말했다. 저렇게 번거로운 양육법은 일찍이 들어 본 적이 없으니 아마 『무쌍보』[2]에 오를 수 있을 거라고 말이다.

흰 토끼 가족은 더욱 번성했고, 모두들 다시 기뻐하게 되었다.

이 일이 있은 이후 나는 서글픔을 금치 못했다. 깊은 밤 등잔 아래서 조용히 생각에 잠겼다. 두 마리 작은 생명이 귀신도 모르는 새에 사라지고 말았다. S가 한 번 짖지도 않았건만 생물의 역사에 아무런 흔적도 남기지 않은 채 말이다. 그리하여 옛일에 생각이 가닿았다. 예전 회관에 살고 있을 때, 어느 날 아침 일어나 보니 큰 홰나무 아래 비둘기 털이 가득 흩어져 있었다. 매의 밥이 된 게 분명했다. 그런데 오전에 사환이 와서 청소를 해버리고 나니 아무것도 보이지 않았다. 거기서 한 생명이 끊어졌다는 걸 누가 알겠는가? 또 한번은 시쓰파이러우西四牌樓를 지나다가 강아지 한 마리가 마차에 깔리는 걸 본 적이 있었는데 돌아올 때 보니 아무것도 보이지 않았다. 누가 치워 버린 것이리라. 총총히 오가는 행인들 가운데 거기서 한 생명이 끊어졌다는 걸 누가 알겠는가? 여름밤엔 창밖으로 파리들이 윙윙거리곤 했는데, 그들도 분명 도마뱀에게 잡아먹혔을 것이다. 하지만 나는 여태 그런 일에 마음을 써 본 일조차 없다. 다른 사람들도 알지 못했을 것이고……

조물주에게 비난받을 점이 있다면, 그건 너무 함부로 생명을 만들고 너무 함부로 훼멸한다는 점이다.

야옹 하는 소리가 나면서 두 마리 고양이가 창밖에서 또 싸움을 시작했다.

"쉰版아! 너 또 고양이를 괴롭히고 있구나."

"아니에요. 저희들끼리 물어뜯고 있어요. 나한테 맞을 놈이 어디 있다고요."

평소 어머니는 내가 고양이를 학대하는 걸 못마땅히 여겼다. 지금은 새끼 토끼를 동정해서 해코지를 하는 줄 알고 물어보시는 것일 게다. 온 집안 식구들은 내가 고양이와 앙숙인 줄 알고 있었다. 고양이를 죽인 적도 있고 평소에도 걸핏 하면 몽둥이질을 해댔으니 말이다. 그런데 그건 어디까지나 놈들의 교미 때문이 아니라 성가신 울음 때문이다. 도무지 잠을 잘 수가 없으니 말이다. 교미를 했으면 했지 그리 뻐근하게 법석을 피울 건 또 뭐람.

게다가 검은 고양이가 새끼 토끼를 잡아먹은 판이니 '대의명분'이 없지 않았다. 나는 어머니가 고양이를 너무 감싼다는 생각이 들어, 엉겁결에 모호하고도 투덜거림에 가까운 대답을 하고 말았다.

조물주는 너무 엉터리다. 나는 그에게 반항하지 않을 수 없다. 비록 그의 도움을 받기는 했지만…….

저 검은 고양이가 언제까지 담장 위를 거만하게 활보할 수는 없을 것이다. 그렇게 마음을 먹자 나도 모르게 책장 속에 감추어 둔 청산가리 병으로 눈길이 갔다.

1922년 10월

주)_____

1) 원제는 「兎和猫」, 1922년 10월 10일 베이징 『천바오 부간』에 발표했다.

2) 『무쌍보』(無雙譜)는 청나라 때 금고량(金古良)이 편찬한 그림책이다. 그 안에는 한나라 때부터 송나라에 이르기까지 독특한 행위를 한 40명 인물의 초상이 실려 있다. 여기서는 유일무이하다는 의미로 쓰였다.

오리의 희극[1]

러시아의 맹인 시인 예로센코 군이 기타를 메고 베이징에 온 지 얼마 되지 않았을 무렵 대뜸 내게 고통을 호소하고 나섰다.

"적막하다, 적막해. 사막에 있는 듯 적막하도다!"

사실이 그럴 테지만, 나는 지금껏 한 번도 그렇게 느껴 본 적이 없었다. 오래 살다 보니 "난향 그윽한 방에 오래 있으면 그 향기를 느끼지 못하네"가 되고 만 것이다. 줄곧 소란스럽게만 여겨졌으니 말이다. 하기야 내가 말하는 소란이 어쩌면 그가 말하는 적막일지도 모르겠지만.

내 느낌엔 베이징에는 봄가을이 없는 듯했다. 베이징 토박이들은 지구의 기운이 북으로 방향을 틀었는지 이렇게 따뜻한 적이 없었다고 했다. 그런데도 나만 봄가을이 없다고 여기고 있었던 것이다. 늦겨울과 초여름이 붙어 있어서 여름이 지났다 싶으면 바로 겨울이 시작되는 것이었다.

늦겨울과 초여름 사이의 어느 날 밤, 어쩌다가 시간이 나서 예로 센코 군을 방문했다. 그는 줄곧 내 동생 중미仲弥 군 집에서 묵고 있었는데, 마침 그 시간은 모두가 잠이 들어 세상이 적막강산일 무렵이었다. 그는 혼자 침상에 기댄 채 길게 드리운 금발 사이로 높이 매달린 눈썹을 찌푸리고 있었다. 한때 그가 떠돌았던 땅 미얀마, 그 땅의 여름 밤을 생각하고 있었던 것이다.

"이런 밤이면 말예요." 그가 말했다. "미얀마에선 어디를 가도 음악이에요. 집 안, 풀숲, 나무 위 어디나 벌레들 울음소리지요. 그 소리들이 만들어 내는 합주가 정말 환상적이에요. 그 사이로 이따금 '쉭 쉭' 뱀 울음이 끼어들기도 하는데, 그것도 벌레들 울음소리와 어우러져……." 그는 깊은 생각에 잠겼다. 당시의 풍경을 떠올리고 있는 듯했다.

나는 입을 열 수가 없었다. 그런 기묘한 음악은 베이징에서 들어 본 적이 없기 때문이다. 그래서 그 어떤 애국심으로도 변호할 길이 없었다. 그가 앞은 볼 수 없지만 귀는 먹지 않았으니 말이다.

"베이징에선 개구리 울음조차 들리지가 않다니……." 그가 또 탄식하며 말했다.

"개구리 울음이야 있지!" 그 탄식이 내게 용기를 불러일으켜 불쑥 항변을 하고 나선 것이다. "여름에 큰비가 온 뒤엔 두꺼비 울음소리를 지천으로 들을 수 있을 거요. 그놈은 도랑에 사는데 베이징엔 도랑이 천지니까."

"그런가요……."

며칠이 지나자 아니나 다를까 내 말이 여실히 증명되었다. 예로 센코 군이 열댓 마리의 올챙이를 사 온 것이다. 그는 그것들을 마당 한가운데 작은 연못에 놓아주었다. 길이 석 자, 너비 두 자 정도의 이 연못은 중미 군이 판 것으로 연꽃을 심으려던 것이었다. 거기서 연꽃 이 피는 것을 한 번도 본 적이 없지만 개구리를 기르기엔 안성맞춤이 었다.

올챙이들은 대오를 지어 물속을 헤엄치고 다녔다. 예로센코 군도 늘 그들을 찾았다. 한번은 아이들이 "예로센코 선생님, 발이 나왔어 요" 하자 그는 기뻐서 "그래!" 하며 미소를 지었다.

하지만 연못에서 음악가를 양성하는 것은 예로센코 군이 벌인 사업의 일단에 지나지 않았다. 그의 지론은 스스로 밥벌이를 해야 한 다는 거였다. 여자는 가축을 길러야 하고 남자는 밭을 갈아야 한다는 거였다. 그래서 친한 친구를 만나면 들에다 배추를 심으라고 권하곤 했다. 중미 부인에게도 누차 벌을 쳐라, 닭을 길러라, 돼지를 길러라, 소를 길러라, 낙타를 길러라 하며 닦달이었다. 나중에 중미 집 안에 수 많은 병아리들이 마당을 뛰어다니며 채송화 순을 죄다 쪼아 먹게 된 것도 어쩌면 그의 권고 때문이었는지 모른다.

그로부터 병아리 파는 촌부들이 늘 출입을 했는데, 올 때마다 몇 마리씩을 사곤 했다. 병아리는 곧잘 체하거나 설사를 해서 오래 살지 못했기 때문이다. 게다가 그중 한 마리는 예로센코 군이 베이징에 체 류하며 유일하게 쓴 소설 「병아리의 비극」의 주인공이 되기도 했다. 어느 날 오전 그 촌부들이 생각지도 않게 새끼오리를 가지고 왔다. 삑

삑 울어 대는 놈들을 말이다. 중미 부인은 손사래를 쳤다. 예로셴코 군이 뛰어나오자 그들은 한 마리를 덥석 쥐어 주었다. 새끼오리는 그의 손아귀에서도 삑삑 울어 댔다. 그는 이놈도 너무 귀여워 사지 않을 수 없었다. 도합 네 마리, 마리당 팔십 문¤이었다.

새끼오리도 귀엽기는 마찬가지였다. 온몸이 계란빛으로 땅바닥에 놓아주면 아장아장 걸어 다니며 서로를 불러 대서 늘 한데 모여 있었다. 내일 미꾸라지를 사다가 먹여 주자는 데 모두의 입이 맞추어졌다. 그러자 예로셴코 군이 말했다. "그 돈도 제가 내지요."

그리하여 그는 강의를 하러 갔고 모두들 흩어졌다. 조금 뒤 중미 부인이 그들에게 찬밥을 먹이려고 가 보니 멀리서 첨벙대는 소리가 들려왔다. 달려가서 보니 새끼오리 네 마리가 연지에서 연신 물속으로 자맥질을 하며 뭔가를 먹어 대고 있었다. 놈들을 밖으로 몰아냈을 때는 이미 온 연못이 흙탕물이 된 상태였다. 한참을 지나 물이 가라앉은 다음에 보니, 가느다란 연뿌리 몇 줄기만이 삐죽이 솟아 있을 뿐이었다. 이제 막 발이 생긴 올챙이는 찾아볼 수가 없었다.

"예로셴코 선생님, 없어졌어요, 개구리 새끼들이." 저녁 무렵 그가 돌아오는 걸 보고 제일 작은 꼬마가 황급히 이 일을 알렸다.

"응, 개구리?"

중미 부인도 나와 새끼오리들이 올챙이를 먹어 버린 이야기를 해주었다.

"저런, 저런!……" 그가 말했다.

새끼오리의 털이 노랗게 변할 무렵, 예로센코 군은 자신의 '어머니 러시아'가 갑자기 그립다며 총총히 치타^{Chita}로 떠났다.

사방에 개구리 울음소리가 어지러울 무렵 새끼오리도 잘 자랐다. 두 마리는 하얗고 두 마리는 얼룩박이였는데, 이젠 빽빽거리지 않고 제법 '꽥꽥'거리며 울었다. 연지도 그들이 휘젓고 다니기엔 너무 좁았다. 다행히 중미의 집은 지대가 낮아서 장마철이 되면 뜰 안이 온통 물바다가 되었다. 놈들은 신이 나서 헤엄을 치고 자맥질을 하고 날개를 퍼덕이며 '꽥꽥' 울어 댔다.

지금은 또다시 늦여름이 끝나고 초겨울이 시작되려 한다. 예로센코 군은 여전히 소식이 없다. 대체 어디에 있는 것일까.

오리 네 마리만이 아직도 사막 위에서 '꽥꽥' 울어 대고 있다.

1922년 10월

주)_____

1) 원제는 「鴨的喜劇」, 1922년 12월 상하이 『부녀잡지』 제8권 제12호에 발표했다.

지신제 연극[1]

지난 이십 년 동안 내가 전통극을 본 것은 딱 두 번뿐이었다. 앞선 십 년 동안엔 아예 보질 않았다. 볼 생각도 없었거니와 기회도 없었다. 두 번 다 최근 십 년 동안의 일인데, 그것마저 끝까지 보지 못했다.

첫번째는 민국 원년, 그러니까 내가 베이징에 첫발을 디뎠을 때였다. 당시 한 친구가 경극이 최고라며 구경 가 보지 않겠냐고 했다. 나는 생각했다. 연극을 보는 건 재밌는 일이지, 더욱이 베이징에서라면. 그리하여 신이 나서 어느 희원戱園으로 달려갔다. 극이 이미 시작되었는지 둥둥거리는 소리가 바깥에서도 들려왔다. 문을 밀고 들어가자 울긋불긋한 무언가가 눈앞에서 번쩍였다. 무대 아래를 보니 온통 사람들 머리로 꽉 차 있었다. 다시 마음을 가라앉히고 사방을 둘러보니 중간에 몇 개 빈 자리가 눈에 들어왔다. 비집고 들어가 앉으려는데 누군가가 내게 뭐라고 말을 했다. 귀는 이미 윙윙거리고 있었지만 귀를 기울여 보니 이런 말이었다. "사람 있소, 아니 되오!"

우리가 뒤로 물러서자 번쩍거리는 변발의 사내가 다가와 우리를 옆쪽으로 데리고 가더니 자리 하나를 가리켰다. 자리라고 해야 알고 보면 긴 걸상이었다. 하지만 그 폭이 내 허벅지의 4분의 3 정도인 데다 다리는 내 정강이보다 3분의 2는 길었다. 나는 일단 기어 올라갈 엄두가 나지 않았다. 그리고 죄인을 고문하는 형틀이 연상되어 나도 모르게 모골이 송연해졌다. 그리하여 밖으로 나오고 말았다.

한참을 걷고 있는데 갑자기 친구의 목소리가 들려왔다. "대체 왜 그래?" 돌아다보니 그도 내게 끌려 나왔던 것이었다. 그는 의아한 듯 물었다. "아니 왜 무작정 나와 버린 거야? 대꾸도 않고." 내가 말했다. "미안하네, 친구. 귀가 윙윙거려 자네 말을 전혀 못 들었어."

그 뒤 이 일을 생각할 때마다 좀 기이하단 생각이 들었다. 극이 형편없었던 것 같기도 하고, 아님 당시 내 사정이 객석에서 버틸 만하지가 못했던 것 같기도 하고.

두번째는 어느 해인지 잊어버렸지만, 후베이湖北성 수재의연금 모금이 있었고 탄자오톈譚叫天이 아직 살아 있었을 때라는 건 분명하다. 모금방법은 이 원을 내고 연극표 한 장을 사면 일등석에서 구경을 하도록 하는 것이었다. 출연자 대부분은 기라성 같은 배우들이었는데, 그중 하나가 탄자오톈이었다. 내가 표를 한 장 산 건 모금 운동원의 체면에 못 이긴 탓도 있지만, 호사가들이 나를 충동질해 자오톈을 안 보면 말이 되니 안 되니 한 탓도 있었을 것이다. 그리하여 나는 몇 년 전 귀가 멍멍하니 혼이 난 것도 잊은 채 일등석으로 갔다. 물론 거금을 들인 입장권이니만큼 써먹어야 속이 편할 거라는 생각이 작용하기도 했을 것이다. 나는 자오톈이 후반부 막에 나온다는 것, 그리고 일등석은 신식 구조여서 자리다툼을 할 일이 없다는 것을 들었던 터라 아홉 시가 되어서야 느긋하게 집을 나섰다. 그런데 누가 알았으랴, 예전처럼 만원이라 발을 디디기조차 어려울 줄을. 하는 수 없이 뒤쪽을 비집고 들어가 무대를 보았더니 노파 역의 라오단^{老旦}이 한창 노래를 부르고 있었다. 라오단은 불 붙은 종이 노끈 두 개를 입에 물고 있었고, 그 옆으로 졸개귀신이 대령하고 있었다. 이런저런 요량을 해보니 라오단은 아무래도 목련존자의 어머니 같았다. 왜냐하면 뒤이어 승려 하나가 나왔기 때문이다. 하지만 나는 그 명배우가 누구인지 몰랐다. 그래서 내 왼쪽에 비집고 선 뚱뚱한 신사에게 물어보았다. 그는 한심하다는 듯 나를 한 번 째려보더니 이러는 거였다. "궁원푸!"²⁾ 나는 내 촌스러움과 얼뜨기 같은 꼴이 부끄러워 얼굴이 화끈 달아올랐다. 그리고 속으로 다시는 물어보지 않으리라 작정을 했다. 그리하여 소녀 역의 샤오단^{小旦}이 노래하는 걸 보았고, 처녀 역의 화단^{花旦}이 노래하는 걸 보았고, 노인 역의 라오성^{老生}이 노래하는 걸 보았고, 무슨 역인지도 모를 배우들이 노래하는 걸 보았고, 떼거지로 엉겨 싸우는 걸 보았고, 두세 명이 서로 싸우는 것을 보았다. 아홉 시가 넘어 열 시가 되었고, 열 시가 넘어 열한 시가 되었고, 열한 시가 넘어 열한 시 반이 되었고, 열한 시 반이 넘어 열두 시가 되었지만, 자오톈은 나오지 않았다.

나는 지금껏 그때처럼 끈기 있게 무언가를 기다려 본 적이 없다. 더구나 내 곁의 뚱뚱한 신사는 헉헉거리고 있지, 무대 위에선 둥둥깽

깽 울긋불긋 번쩍번쩍 정신이 없지, 게다가 열두 시였다. 이 모든 게 문득 나로 하여금 이런 장소에 어울리지 않는다는 걸 깨닫게 해주었다. 순간 나는 몸을 비틀어 바깥쪽으로 힘껏 밀었다. 그러나 등 뒤가 이미 꽉 차 있는 느낌이었다. 아마 탱탱하고 뚱뚱한 그 신사 양반이 내가 있던 공간으로 오른쪽 반신을 들이민 것이리라. 나는 되돌아갈 길도 없이 떠밀리고 떠밀려 마침내 문밖으로 나왔다. 거리에는 손님을 기다리는 인력거 외에 행인은 찾아보기 어려웠다. 그래도 문 앞엔 십여 명이 고개를 쳐들고 광고판을 바라보고 있었다. 그 외에 한 무리가 우두커니 서 있는 것이, 내 생각엔, 연극이 끝나고 나오는 여자들을 눈요기하려고 죽치고 있는 것 같았다. 그런데도 아직 자오톈은 나오지 않았으니…….

하지만 밤기운은 상쾌했다. 이거야말로 '심장에 스며든다'는 것이리라. 베이징에서 이렇게 좋은 공기를 마셔 보기는 이번이 처음인 듯했다.

이날 밤이 바로 내가 전통극에 대해 이별을 고한 밤이었다. 그 뒤로 두 번 다시 그걸 생각해 본 적이 없다. 이따금 희원 앞을 지나갈 때가 있었지만 우리는 남남이었다. 정신적으로 하나는 남쪽, 하나는 북쪽에 있었던 것이다.

그런데 며칠 전 무심코 일본 책을 뒤적이게 되었다. 아쉽게도 책이름과 저자 이름은 잊어버렸지만, 아무튼 중국의 전통극에 관한 것이었다. 그 가운데 한 편엔 대충 다음과 같은 이야기가 적혀 있었다. 중국 연극은 너무 두드려 대고 너무 질러 대고 너무 뛰어다녀서 관객들을 혼미하게 만들기 때문에 극장용으로는 적합하지 않다, 만약 야외 공연을 멀찍이서 감상하게 된다면 나름대로의 운치가 있을 것이다. 당시 생각엔 이것이야말로 미처 내가 생각지 못한 점을 꼭 집어 준 것 같았다. 왜냐하면 야외에서 아주 멋진 공연을 본 기억이 확실히 나기 때문이다. 베이징에 와서 두 번씩이나 희원에 간 것도 어쩌면 그 영향 때문이었는지도 모른다. 왜 그랬는지 모르겠지만 안타깝게도 책 이름은 잊어버렸다.

그 멋진 연극을 본 것은 그야말로 '멀고도 아득하여라'가 되어 버렸는데, 아마 열한두 살 때 일이었던 것 같다. 우리 루전의 풍습에 의하면 출가한 여자는 살림을 맡기 전에 보통 여름이 되면 친정에 가 지내는 것이 상례였다. 당시 할머니가 아직 정정하시긴 했지만 어머니가 살림의 일부를 도맡아 꾸리고 있었던 터라, 여름이 되어도 그리 오랫동안 친정에 있을 수가 없었다. 성묘가 끝난 뒤 잠시 짬을 내어 며칠을 묵고 오는 게 전부였다. 그때 나는 해마다 어머니를 따라 외할머니 댁을 갔다. 그곳은 핑차오춘平橋村이라 불렀는데, 해변에서 멀지 않은, 시골 냇가의 외진 작은 마을이었다. 가구 수는 채 삼십 호가 못 되었고 농사를 짓거나 물고기를 잡고 살았는데 작은 구멍가게가 하나 있을 뿐이었다. 그래도 나에겐 천국이었다. 대접도 대접이었으려니와 "질질사간, 유유남산"秩秩斯干, 幽幽南山 따위의 시경 구절을 암송하지 않아도 되었으니까.

내 놀이동무는 수많은 아이들이었다. 멀리서 온 손님이라 하여 부모에게 일을 안 해도 좋다는 허락을 받고 나와 놀아 주었던 것이다.

작은 마을이다 보니 어느 한 집 손님이 모두의 손님이었던 셈이다. 우리는 또래였지만 항렬로 따지면 최소한 삼촌과 조카거나 더러 할아버지와 손자이기도 했다. 온 마을이 같은 성씨로 한 조상의 자손이었던 것이다. 하지만 우리는 동무였다. 어쩌다가 싸움이 나서 할아버지뻘되는 아이를 때렸다 해도 동네의 노인이나 젊은이 중에 '위를 범했다'는 말을 떠올릴 사람은 하나도 없었다. 그리고 그들은 백에 아흔아홉이 까막눈이었다.

우리가 매일 하는 일은 지렁이를 캐는 것이었다. 지렁이를 잡아다 구리철사로 만든 작은 낚시에 꿰어 강가에 엎드려 새우를 잡았다. 새우란 놈은 수중 세계의 바보여서 아무 거리낌 없이 두 집게발로 낚시 끝을 붙잡아 그냥 입으로 가져간다. 그래서 한나절도 못 되어 한 사발 정도는 잡을 수 있었다. 이 새우는 보통 내 차지였다. 그다음으로는 함께 소를 먹이러 가는 일이었다. 그런데 소는 고등동물인 까닭에 황소건 물소건 낯선 사람을 얼씬도 못하게 했다. 나까지 깔보는 터라 나도 감히 다가가지 못한 채 멀찍이 따르거니 섰거니 반복할 뿐이었다. 그럴 때 동무들은 내가 아무리 '질질사간'을 외운다 해도 봐주는 법이 없이 그저 놀려 대는 것이었다.

그곳에서 내가 가장 바라 마지않은 것은 자오좡趙庄에 연극을 보러 가는 것이었다. 자오좡은 핑차오춘에서 오 리쯤 떨어진 꽤 큰 마을이다. 핑차오춘은 너무 작아서 단독으로 연극을 할 수가 없었다. 그래서 해마다 자오좡에 얼마씩을 내고 공동으로 합작을 하고 있었던 것이다. 그들이 왜 해마다 연극을 해야 했는지 당시로선 관심을 두지 않았지만, 지금 와서 생각해 보면 때가 마침 봄 제사 철이었으니 아마도 지신제地神祭 연극이었던 것 같다.

열두 살 되던 해, 기다리고 기다리던 그날이 왔다. 그러나 유감스럽게도 아침에 배를 부를 수가 없었다. 핑차오춘엔 아침에 나갔다가 저녁에 돌아오는 큰 배가 한 척밖에 없었는데 자리가 남아 있을 리 만무했다. 그 나머지는 모두 작은 배여서 쓸 수가 없었다. 이웃마을까지 사람을 보내 알아봤지만 허사였다. 이미 예약이 되어 있었다. 외할머니는 노발대발하시며 진즉 말을 넣어 두지 않아 이렇게 되었노라고 집안 사람들을 야단쳤다. 어머니는 외할머니를 위로하며 루전의 연극은 여기보다 더 재밌고 일 년에 몇 번씩 공연을 하니 오늘은 그만두는 게 좋겠다고 하셨다. 나만 마음이 달아 울음이 터질 것 같았다. 어머니는 애써 나를 달래며 고집을 부려 외할머니 화를 돋워선 안 된다고 타일렀다. 그리고 다른 사람들에게 묻어가는 건 외할머니가 걱정을 하실 거란 이유로 허락하지 않았다.

결국 모든 게 끝장나고 말았다. 오후가 되자 동무들은 모두 가 버렸다. 연극이 이미 시작되었는지 징소리 북소리가 들리는 듯했다. 게다가 그들은 객석에 앉아 콩국을 마시고 있을 터였다.

그날 나는 새우 낚시도 하지 않고 밥도 별로 먹지 않았다. 어머니는 난처해하셨지만 별다른 도리가 없었다. 저녁 식사 자리에서 외할머니도 이를 눈치채셨다. 내가 기분이 안 좋은 것도 당연하다며 저들이 너무 게으름을 피워 손님 대접이 말이 아니게 되었노라 위로하셨다. 저녁을 먹고 나자 연극을 보러 갔던 소년들이 모여들어 신나게 연극에 대해 떠들어 댔다. 나만 입을 다물고 있었다. 그들 모두 한숨을 지으며 나를 동정했다. 그런데 갑자기 그중 가장 똑똑한 솽시^{雙喜}가 뭔가를 생각해 낸 듯 제안을 하고 나섰다. "큰 배? 바八 아저씨 배가 벌써 돌아와 있잖아?" 열댓 명의 소년들도 생각이 났는지 맞장구를 치며 이 배에 나랑 같이 탈 수 있다고 했다. 나는 기뻤다. 하지만 외할머니는 모두 아이들이라 마음이 안 놓인다고 하셨다. 또 어머니는 어머니 대로 어른이 따라간다면 모를까 하루 종일 일한 사람을 밤까지 고생을 시키는 건 정리에 맞지 않는다고 하셨다. 이렇게 옥신각신하고 있는 와중에 솽시가 속사정을 알아채고는 크게 소리쳤다. "제가 책임질게요. 배도 크고요. 쉰쯘이는 여태껏 함부로 나댄 적이 없어요. 우리는 또 물에 대해선 잘 알거든요!"

정말 그랬다! 십여 명 소년 중 헤엄을 칠 줄 모르는 아이는 하나도 없었다. 게다가 두세 명은 파도타기의 명수였다.

외할머니와 어머니도 미더웠는지 더 이상 반대하지 않고 미소를 지으셨다. 와아 소리를 지르며 우리는 문을 나섰다.

무겁던 마음이 홀연 가벼워지고 몸도 편안해지면서 말할 수 없을 정도로 부풀어 오르는 것 같았다. 문을 나서자 달빛 아래 핑차오 다리 안으로 흰 지붕을 한 배가 정박해 있는 것이 보였다. 모두 그 배에 뛰어올랐다. 솽시가 이물의 삿대를 뺴들었고 아파^{阿發}가 고물의 삿대를 뺴들었다. 어린 아이들은 나와 같이 선실 안에 앉았고 제법 나이가 든 아이들은 뱃고물로 모였다. 어머니가 전송을 나와 "조심하거라"라고 했을 때, 배는 이미 움직이기 시작했다. 교각에 부딪혔다가 몇 자

물러난 뒤 이내 앞으로 다리를 빠져나갔다. 그리하여 두 개의 노를 걸고 하나당 두 사람씩 일 리마다 교대로 노를 젓기로 했다. 웃음소리, 떠드는 소리가 뱃전의 철썩임과 어우러졌다. 좌우로 파란 콩밭과 보리밭으로 둘러싸인 강물을 헤치며 배는 날듯이 자오촹으로 나아갔다.

양쪽 기슭의 콩과 보리, 강바닥의 수초가 발산하는 싱그런 내음이 공기 속에 섞여 왔다. 달빛은 축축함 속에 몽롱했다. 거무스레 굽이치는 산들이 마치 용수철로 만든 짐승의 등줄기처럼 아득히 뱃고물 쪽으로 달음질쳤다. 그래도 내겐 배가 너무 느리게 느껴졌다. 네 번 교대를 하고서야 어렴풋이 자오촹이 보이는 듯했다. 노랫소리, 악기소리도 들리는 듯했다. 몇몇 불꽃은 무대인지 고깃배 불빛인지 모호했다. 그 소리는 아마 피리소리인 것 같았다. 조용히 구르다 길게 뽑는 소리는 내 마음을 잔잔히 가라앉혔다. 하지만 나도 모르게 그 소리와 함께 콩과 보리, 수초 내음 그윽한 밤기운 속으로 젖어 드는 느낌이었다.

불빛에 다가가 보니 고깃배의 불빛이었다. 조금 전 그 불빛은 자오촹이 아니었던 것이다. 그건 이물 맞은편의 소나무 숲이었다. 작년에 거기에 놀러 간 적이 있었다. 돌로 만든 말이 부서진 채 땅에 쓰러져 있었고, 돌로 만든 양 한 마리가 풀밭에 쭈그리고 있었다. 숲을 지나자 배는 방향을 틀어 기슭으로 들어갔다. 자오촹이 바로 눈앞이었던 것이다.

가장 눈을 자극한 것은 마을 밖 강가 공터에 우뚝 서 있는 무대였다. 아련한 달밤 공간을 구분키 어려웠지만, 그림에서 본 적이 있는 신선 세계가 여기 나타난 게 아닐까 의심이 들 정도였다. 배는 더욱 속도를 냈다. 얼마 뒤 무대 위로 사람이 나타나 울긋불긋 움직이는 모습이 보였다. 무대 근처 강변을 새까맣게 메우고 있는 것은 연극 보러 온 사람들이 타고 온 배의 지붕들이었다.

"무대 근처에는 빈자리가 없어. 우리 멀찍이서 보자." 아파가 말했다.

이때 배의 속도가 느려졌다가 얼마 뒤 멈춰 섰다. 과연 무대 근처로는 다가갈 수가 없었다. 삿대를 내릴 수 있는 곳이라야 무대 맞은 편의 신전보다도 더 먼 곳이었다. 알고 보니 우리 배가 흰 지붕 배라 검은 지붕 배와 한곳에 있고 싶지 않았던 것이다. 빈자리가 없기도 했지만……

배를 정박하느라 경황이 없는 와중에 무대를 보니 검고 긴 턱수염을 한 사람이 등에 깃발을 네 개 꽂고 긴 창을 꼬나든 채 웃통을 벗은 사내들과 한바탕 싸움을 벌이는 중이었다. 쌍시의 설명에 의하자면, 저자가 그 유명한 남자 주인공 라오성老生 쇠대가리인데, 한 번에 여든네 바퀴나 공중제비를 돌 수 있다는 거였다. 낮에 직접 세어 봤다고 했다.

우리는 이물에 비집고 서서 싸움을 구경했다. 하지만 쇠대가리는 공중제비를 돌지 않았다. 웃통을 벗은 몇 사람만 한바탕 깝치다가 들어가 버렸다. 이어서 소녀 역의 샤오단小旦이 나와 앵앵거리며 노래를 불렀다. 쌍시가 말했다. "밤엔 구경꾼이 적어 쇠대가리도 적당히 넘어가는 거야. 묘기를 누가 아무 때나 보여 준대?" 나는 그 말이 옳다고 믿었다. 그때 무대 아래엔 사람이 얼마 없었기 때문이다. 시골 사람들은 다음 날 일 때문에 밤을 샐 수 없어 일찍 자러 갔다. 드문드문 서 있는 사람이라고 해야 이 마을과 이웃마을 한량들 몇십 명에 불과했다. 검은 지붕의 배 안엔 이 지방 유지의 가족들이 있긴 했지만, 그들은 연극엔 관심이 없고 대부분 무대 아래서 과자며 과일이며 수박을 먹는 데 여념이 없었다. 그러니 관객은 없는 것이나 마찬가지였다.

하지만 내 관심은 공중제비에 있지 않았다. 내가 가장 보고 싶었던 건 흰 헝겊을 머리에 두르고 머리 위에 작대기같이 생긴 뱀 대가리를 두 손으로 받쳐 든 뱀의 요정이었다. 그다음은 누런 베옷을 입고 날뛰는 호랑이였다. 그런데 한참을 기다려도 아무것도 나타나지 않았다. 소녀가 들어가고 뒤이어 남자 조역인 늙수그레한 샤오성小生 한 사람이 나왔다. 나는 좀 피곤해서 구이성桂生에게 콩국을 좀 사 달라고 부탁했다. 잠시 후 구이성이 돌아와서 말했다. "없어. 콩국 파는 귀머거리도 돌아갔어. 낮엔 있어서 나도 두 그릇이나 마셨는데…… 가서 물 한 바가지라도 떠다 줄까?"

물은 마시고 싶지 않았다. 꾹 참고 연극을 보고 있긴 했지만 무얼 보고 있는지 알 수 없었다. 배우의 얼굴이 점점 일그러지면서 눈코입이 점점 흐릿해져 한 조각 밋밋한 평면으로 뭉쳐지는 듯했다. 나이 어린 애들 몇몇은 하품을 했고 나이 든 애들도 저희들끼리 떠들어 대고 있었다. 그런데 갑자기 붉은 저고리를 입은 광대 역의 샤오처우小丑가 무대 기둥에 꽁꽁 묶인 채 수염이 희끗한 사내에게 매를 맞기 시작했다. 그제서야 다시 정신을 차려 낄낄대며 구경을 계속했다. 이날 밤 연극에서 제일 볼만한 대목이었다.

그런데 노파 역의 라오단老旦이 마침내 등장을 하고 말았다. 라오단은 본래 내가 제일 싫어하는 역이었다. 더욱이 앉아서 창唱을 하는 것은 질색이었다. 모두들 김이 샌 듯한 표정을 지었다. 애들도 나와 같은 생각임에 분명했다. 라오단은 처음엔 무대를 왔다 갔다 하며 창을 하다가 나중엔 결국 무대 한복판에 놓인 의자에 앉고 말았다. 나는 걱정이 되었다. 쌍시나 다른 아이들은 투덜투덜 욕을 해대고 있었다. 나는 참고 기다렸다. 꽤 시간이 지나 라오단이 손을 들었다. 나는 노파가 일어서려는 줄 알았다. 그런데 다시 천천히 손을 내리더니 제자리에 주저앉아 창을 계속하는 게 아닌가. 배 안에 있는 몇몇은 연방 한숨을 내리쉬었고 나머지도 하품을 해댔다. 쌍시는 끝내 참지 못하고 저 노래는 내일 가도 안 끝날 테니 돌아가는 게 좋겠다고 했다. 모두들 즉각 찬성했다. 그러자 떠나올 때처럼 펄떡거리면서 몇몇은 고물로 뛰어가 삿대를 뽑아 들어 몇 길을 뒤로 물리더니 고물을 돌려 노를 거는 것이었다. 그러고는 라오단에게 욕을 퍼부으며 소나무 숲을 향해 나아갔다.

달이 아직 떨어지지 않은 걸 보니 연극 구경한 시간이 그리 길진 않았던 모양이다. 자오좡을 떠나자 달빛은 더욱 환해졌다. 무대 쪽을 돌아보니 올 때마냥 선계의 누각처럼 아득히 떠서 온통 붉은 안개에 휩싸여 있었다. 귓전으로 다시 피리소리가 길고도 높게 들려왔다. 라오단은 벌써 들어갔겠지 했지만 다시 돌아가 구경을 하자는 말은 차마 꺼낼 수가 없었다.

얼마 뒤 소나무 숲도 이미 배 뒷전으로 밀려나 있었다. 속도는 느리지 않았지만 주변의 어둠이 하도 짙어서 밤이 깊었음을 말해 주고 있었다. 그들은 배우에 대해 평을 하기도 하고 욕을 하거나 웃어 대면서 더 힘차게 노질을 했다. 이물에 부딪히는 물소리가 더욱 높아졌다. 배는 마치 희고 커다란 물고기 한 마리가 아이들을 등에 업고 물살을 헤치고 나아가는 것 같았다. 밤일을 하러 나온 늙은 어부들조차 배를 멈춘 채 우리를 바라보며 손뼉을 쳤다.

핑차오춘이 일 리나 남은 지점에서 배가 느려졌다. 노잡이들은 피곤을 호소했다. 너무 힘을 쓴 데다가 오랫동안 아무것도 먹지 못했기 때문이다. 이번에 꾀를 낸 건 구이성이었다. 마침 콩이 제철이고 배엔 장작도 있으니 콩 서리를 해먹자는 것이었다. 모두가 찬성하여 즉각 배를 가까운 언덕에 정박시켰다. 언덕 위에 검고 반들반들한 것은 온통 실하게 알이 든 콩이었다.

"이봐, 아파, 이쪽은 너희 밭이고 이쪽은 류이스ㅡ 아저씨네 밭인데, 어느 쪽 걸 서리하지?" 맨 먼저 뛰어내린 솽시가 언덕 위에서 말했다.

우리도 모두 언덕 위로 뛰어 올라갔다. 아파가 뛰어오며 말했다. "잠깐만. 내가 좀 보고." 그는 이리저리 한번 더듬어 보더니 몸을 일으키며 말했다. "우리 집 걸로 하자. 우리 게 더 굵어." 모두들 와아 하며 아파네 콩밭으로 흩어져 한 아름씩 뽑아 배 위로 집어 던졌다. 솽시는 더 이상 뽑았다간 아파네 엄마한테 혼이 날 거라고 했다. 그러자 류이 아저씨네 밭으로 가서 한 아름을 서리해 왔다.

우리 가운데 나이 든 몇몇이 전처럼 천천히 노를 젓고 나머지 몇몇은 고물의 선실에서 불을 피웠다. 어린애들과 나는 콩깍지를 깠다. 얼마 뒤 콩이 익자 배를 물살에 내맡긴 채 둘러 앉아 콩을 집어 먹었다. 다 먹고 난 뒤 다시 노를 젓는 한편 그릇을 씻고 콩깍지를 버려 흔적을 싹 없앴다. 쌍시가 우려하는 건 바八 아저씨 배에 있는 소금과 장작을 쓴 것이었다. 이 노친네는 눈썰미가 귀신같아서 화를 낼 게 틀림없었다. 하지만 우리는 의논을 한 뒤 걱정할 거 없다는 쪽으로 결론을 내렸다. 그가 뭐라고 하면 작년에 강가에서 주워다 준 박달나무를 돌려 달라고 하면 될 일이었다. 거기에다 그를 향해 "야, 이 문둥아!" 한마디면 충분했다.

"돌아왔어요! 모두 탈 없잖아요. 제가 장담한다고 했잖아요." 쌍시가 이물에서 갑자기 큰소리를 질렀다.

이물 쪽을 바라보니 바로 앞이 펑차오 다리였다. 교각 위에 누군가가 서 있었는데 어머니였다. 쌍시는 어머니를 향해 소리를 지르고 있던 참이었다. 나는 앞 선실에서 뛰쳐나갔다. 배도 다리로 들어가 정박했다. 우리는 뿔뿔이 뭍으로 올랐다. 어머니는 화가 잔뜩 나 삼경이 지났는데 어찌 이리 늦었냐고 타박을 했다. 그래도 금세 기분이 풀려 다들 와서 볶은 쌀을 먹으라고 하셨다.

모두들 주전부리는 이미 했고 졸려서 일찍 자는 게 좋겠다고 하면서 각자 돌아갔다.

다음 날 나는 한낮이 되어서야 일어났다. 바 아저씨네 소금이나 장작과 관련하여 무슨 말썽이 있었단 말은 들리지 않았다. 그래서 오후엔 새우 낚시를 하러 갔다.

"쌍시, 요 꼬맹이들, 어제 우리 밭 콩 서리했지? 따 먹으려면 조심해 따 먹을 일이지 온통 짓밟아 놓았으니." 고개를 들어 보니 류이 아저씨가 작은 배를 젓고 있었다. 콩을 팔고 돌아오는 길인지 배 위엔 남은 콩 한 무더기가 실려 있었다.

"네. 우리가 손님 대접을 했어요. 처음엔 아저씨네 콩은 손대지 않으려 했어요. 저것 보세요. 제 새우가 놀라서 도망가 버렸잖아요!" 쌍시가 말했다.

류이 아저씨는 나를 보자 노질을 멈추고는 웃으며 말했다. "손님을 접대했다고? 그럼, 그래야 하고말고." 그러고는 내게 말했다. "쉰도령, 어제 연극은 재미있었나?"

나는 고개를 끄덕이며 말했다. "재밌었어요."

"콩은 먹을 만하던가?"

나는 거듭 고개를 끄덕이며 말했다. "아주 맛있었어요."

그러자 류이 아저씨가 몹시 감격해하며 엄지를 쑥 뽑아 올리더니 의기양양하게 떠들어 댔다. "역시 대처에서 공부를 한 도령이라 물건을 알아보시는구만. 우리 콩으로 말하자면 알알이 골라서 심은 거니까 말야. 촌놈들은 그것도 모르면서 다른 콩보다 못하다느니 어쩌니 하거든. 내 오늘 아씨한테 맛을 좀 보시라고 보내 드리지……" 그러고는 노를 저어 가 버리는 거였다.

어머니가 불러 저녁을 먹으러 돌아와 보니 상 위에 삶은 콩이 한 대접 수북이 놓여 있었다. 류이 아저씨가 어머니와 나더러 먹으라고 보내온 것이었다. 그는 어머니에게 내 칭찬을 침이 마르도록 했노라고 했다. "나이는 어려도 식견이 있어요. 머잖아 분명 장원급제 할 겁니다. 아씨, 아씨의 복은 내가 장담하지요." 그런데 콩은 어젯밤처럼 그리 맛있지가 않았다.

그렇다. 그 이후로 지금까지 나는 그날 밤처럼 맛있는 콩을 먹어보지 못했다. 그날 밤처럼 재미있는 연극도 말이다.

1922년 10월

주)_____

1) 원제는 「社戲」, 1922년 12월 상하이 『소설월보』 제13권 제12호에 발표했다.
2) 궁윈푸(龔雲甫, 1862~1932)는 라오단에 정통한 유명 경극 배우이다.

해제 | 『외침』에 대하여

1.

『외침』은 1918년부터 1922년까지 쓴 14편의 단편소설을 실은 작품 집이다. 중국 최초의 근대소설 「광인일기」가 여기서 나왔고, 중국 국민성의 전형이 된 아Q가 여기서 탄생했으며, 훗날 사람들 입에 오르내리게 된 구절, 그러니까 "본시 땅 위엔 길이 없다. 다니는 사람이 많다 보면 거기가 곧 길이 되는 것이다"라는 대목도 바로 여기서 나온다. 이쯤 되고 보면 소설집 하나의 역할로선 차고 넘치다 못해 거의 홍복鴻福의 수준이라 할 만하다. 그런데 이런 영예가 가능하게 된 과정을 보면 좀 의외다. 「서문」의 내용대로 한 친구의 권유에 못 이겨 "나도 글이란 걸 한번 써 보겠노라"고 한 것이 이리 되고 말았다는 것이다.

지금의 입장에서 봐도 서른여덟이라는 나이는 문학창작의 입문으로는 제법 늦깎이 축에 속한다. 그런데 사상적 이력이라는 측면에서 보자면 오히려 그랬기 때문에 그만큼 풍성할 수 있었는지도 모른다. 이를테면 이 소설집 속에 어린 시절 서당에서 배운 전통 학문, 난징의 서양학교에서 접한 신학문, 일본 유학 시절 의사의 꿈과 문학으

로의 전향, 귀국 후의 좌절과 절망, 그리고 절망에의 반항 등등의 체험
이 풍성히 녹아나고 있거나 1911년 신해혁명 전후 엎치락뒤치락하며
혁명과 복고를 오가던 정치 현실, 5·4신문화운동이 무르익어 가던 과
정과 그 열기가 식은 뒤의 좌절과 적막, 무료함 등등의 현실이 실감나
게 반영되어 있는 것은 바로 이런 소치이다.

　14편의 작품이 서 있는 시간적 결을 따라가다 보면 현실의 구조
와 미학적 구조의 상관관계가 여실히 드러난다. 이를테면 작품집의
중후반부, 그러니까 「아Q정전」이 끝나고 「단오절」이 시작되는 무렵
부터 작품의 분위기가 사뭇 달라진다. 문제의식이 지식인의 문제로
전환되는 것도 그러거니와 현실을 대하는 태도에도 예각성 속에서 뭔
가 모를 느슨함 같은 것이 감지된다. 「아Q정전」을 종횡하던 유머의
점도粘度도 후반부에선 찾아보기 어렵다. 글의 긴장도도 이완되고 문
체에도 미묘한 변화가 온다. 이 변화는 5·4신문화운동의 조류가 썰물
처럼 빠져나가고 난 뒤의 분위기를 반영해 주는 미학적 징후다. 이런
의미에서 『외침』은 신해혁명 전후에서부터 5·4신문화운동 전후에
이르기까지의 시대상에 대한 일종의 미학적 증언인 셈이다.

　제목은 이 소설집의 의미와 성격을 여과 없이 전해준다. '외침'은
그 자체로 계몽주의적 언어에 속한다. 그것은 창문 없는 철방을 울리
던 각성자의 일갈이자 5·4정신에 대한 웅변이면서 동시에 무지몽매
한 국민성을 향한 고함이다. "감히 알려고 하라! 너 자신의 오성을 사
용할 용기를 가져라!" 그러므로 칸트 식의 이 '계몽의 표어'는 루쉰의
'외침'을 이해하는 데도 어느 정도 유효한 틀을 제공한다. 이는 『외침』

을 동아시아 근대문학이라는 관점에서 조망할 수 있게 하는 시좌視座이기도 하다.

그런데 이런 식의 설명 방식은 왠지 좀 생경하다. 왠지 이런 방식으로 『외침』을 읽어서는 안 될 것 같다. 소설은 논설문이 아니지 않은가. 문학은 국민의 영혼을 다루는 일이라며 의사의 꿈마저 접었던 루쉰이 아닌가. 하물며 중국 최초의 본격 근대소설집이라면 뭔가 합당한 대접이 따라야 할 것 같기도 하다. 그렇다면 『외침』을 '외침'답게 읽는 길이란 어떤 것일까?

2.

번역 과정에서 가장 난감했던 대목은 소설집 전반에 퍼져 있는 모종의 생리학적 아우라를 어떻게 살릴 수 있을까 하는 것이었다. 이를테면 문화생리학이라 이름해야 할 어떤 시선으로 근대를 읽어 내고 있는 셈인데, 이는 루쉰이 근대를 해석하고 혁명을 이해하는 데 있어 중요한 인식론적·미학적 장치로 기능하고 있다. 그러니 이 책을 읽는 독자들에게 일단 이런 분위기와 느낌에 최대한 충실해 보라고 권하고 싶다.

일단 「서문」의 초입에서부터 꼬릿한 한약재 냄새가 풍긴다. 이 냄새는 이내 병동 임상실의 알코올 냄새와 미생물학 시간의 자기 모멸적 체험과 겹쳐지면서 일련의 병리학적인 네트워크를 만들어 낸다. 루전魯鎭──이는 루쉰의 고향 사오싱紹興에 다름 아니다──을 가득 메우고 있는 퀴퀴한 냄새, 침을 질질거리며 노려보는 개의 눈빛, 사형수의 목이 떨어지기만을 기다리고 있는 구름 같은 군중들, 찐빵에 흠뻑 배어 뚝뚝 떨어지는 인혈, 그것을 집어삼키는 입, 폐병쟁이의 쿨럭임과 이어서 터지는 각혈, 땀으로 번들거리는 사내들의 가슴팍, 정수리로 둘둘 말아 올린 변발, 그리고 머리통에 덕지덕지 앉은 부스럼 딱지, 이蝨가 똬리를 틀고 앉은 저고리, 놈을 잡아 깨물자 툭툭 터지는 피 등등 이 모든 것이 루쉰이 만들어 내는 문화생리학적 네트워크의 요소들이다.

이 '실체 불명의 진陣'에서 시간은 과거로 흘러든다. "옛날부터 그래왔노라." 이 한 마디는 무소불위의 권력 그 자체다. 흡사 "조물주의 채찍이 중국의 등짝을 후려치지 않는 한 …… 스스로 머리 한 올도 바꾸려 하지 않을" 태세다. 여기서 변화란 갓난아기의 근수를 다는 저울 눈금에서 간신히 가늠될 뿐이다. 구근에서 칠근으로, 칠근에서 다시 육근으로, 이처럼 시간의 무게는 갈수록 가벼워진다. 그러므로 "대가 갈수록 시원찮아 진다니까!"라는 구근 할매의 입에 발린 이 주절거림은 진화론적 시간의 입장에선 거의 저주에 가깝다. 진화론적 시간이 만들어 내는 단층이라고 해야 몸을 통해 어렴풋이 드러나는 정도다. 혁명은 그저 변발의 유무와 고저, 옥양목 장삼을 입었는지 여부에 의해 미세하게 감지될 뿐이다. 그리고 그 끝도 모호하기만 하다. "황제가 보위에 올랐대?" "아무 말도 없던데." "보위에 안 오른 거겠지?" "안 오른 거 같애." 매사가 이런 식이다.

이 거대한 진에서 만사는 '중용'으로 통한다. 문제에 직면해도 도무지 그 원인을 캐려 하거나 따지고 드는 법이 없다. 혹 문제가 불거진다 해도 고개를 돌려 버리면 된다. 만사가 '그게 그거'기 때문이다. 설령 '그게 그거'가 아니라 하더라도 걱정할 필요가 없다. 자기 쪽으로 끌고 들어와 합리화해 버리면 된다. 이것이 좀더 발전하면 예의 그 '정신승리법'이 된다. '정신승리법'의 명수 아Q ──그는 루쉰 주변 인물들의 개별 특성들을 버무려 창조해 낸 미학적 결과물이다──는 자기 동일화의 화신이다. 건달에게 변발을 낚아 채이면 지레 선언을 해버린다. "나는 버러지야. 됐어?" 그래도 얻어터진다 한들 별반 문제될 것이 없다. "아들놈한테 맞은 걸로 치지 뭐. 요즘 세상은 돼먹지가 않았어." 이러면 십 초도 지나지 않아 다시 의기양양해진다. 그래도 약효가 없으면 자기 뺨을 두어 번 후려치면 된다. 그러면 스스로 용서가 된다. 왜냐하면 자기가 다른 자기의 뺨을 때린 게 되니까. 그러다 보면 이윽고 자기가 남의 뺨을 때린 것처럼 된다. 이것마저 약발이 듣지 않으면 그냥 있어도 된다. 왜냐하면 '망각'이라는, '조상이 물려준 보물'이 있으니까.

3.

그러면 이 '무물無物의 진陣'은 어떻게 빠져나올 수 있는가? 루쉰의 대답은 거의 불가능하다는 것이다. 이것이 그가 고대의 낡은 유물이나 수집하고 있었던 시기 품고 있었던 '절망'의 주요 내용이다. 그래도 기왕 '몸부림' 쳐야 한다면 철저히 전략적이어야 한다. 여기서 루쉰이 동원하는 전략적 무기는 동사 '보다'이다. 『외침』 시기부터 루쉰은 '보다'를 의미하는 일련의 동사들 ──看, 見, 看見, 視, 示, 瞧 등등── 을 대거 투입한다. 일단 『외침』의 첫 작품부터가 '발견'으로 시작된다.

「광인일기」 첫 장면은 이렇다. "오늘밤, 달빛이 참 좋다. 내가 달을 못 본 지도 벌써 30여 년, 오늘 보니 정신이 번쩍 든다. 그러고 보니 지난 30여 년이 온통 미몽迷夢 속을 헤매었던 게다." 본격 근대소설의 선성이 된 이 대목에서 달은 원만구족圓滿具足한 전통적 질서의 상징으로 기능한다. 이는 쿵이지가 술탁 위에 쓰던 '回'자나 천스청을 죽음으로 이끈 '흰 빛', 그리고 재판을 마친 아Q가 서류에 사인을 하다가 망쳐 버린 그 동그라미와 일가권속을 이루고 있다. 삼십여 년간 멀쩡히 달을 보면서도 보지 못했는데 미치고 나니 그것이 제대로 보인다. 이 낯선 발견은 인식론적 운동을 거치면서 한층 심화된다. "만사는 연구해 봐야 아는 법." 광인은 이 말을 반복해서 일기장에 적으면서 '연구'에 '연구'를 거듭한다. 그 결과 '인의'니 '도덕'이니 하는 글자들로 도배를 한 서책의 행간에서 '식인'이란 두 글자를 발견하게 된다. 그리고 이 발견은 다음과 같은 발견으로 가파르게 이어진다. "사람을 먹는 자가 내 형일 줄이야! 내가 사람을 먹는 사람의 동생일 줄이야! 나 자신이 먹힌다 한들 여전히 사람을 먹는 사람의 동생일 줄이야!"

이제 광인은 이 새로운 인식에 근거하여 끈질기게 추궁하고 따지기 시작한다. "사람을 먹는 게 옳은 일인가?" "옳냐고?" "그러나 물어봐야겠어. "옳은 거냐구?" "예전부터 그래 왔다면 옳은 거야?" 그리고 이 인식은 마침내 의지와 결단의 차원으로 확산된다. 그리하여 광인은 형부터 설득하기 시작한다. "예부터 그래 왔다고는 하지만, 우리 오늘이라도 그냥 단번에 착해질 수 있습니다. 안 된다고 말씀하세요! 형님, 형님은 그러실 수 있어요." 그러나 돌아오는 것은 싸늘한 눈초리뿐이다. 그래도 광인은 이 눈초리들을 향해 거듭 촉구한다. "너흰 고칠 수 있어. 진심으로 고쳐먹으라구!" "당신들 즉각 고쳐야 해, 진심으로 고쳐먹으라구!" 이러한 일련의 과정을 통해 광인은 새로운 인식의 높이에 도달한다. 자기도 이 식인 메커니즘의 일원이라는 무서운 사실 말이다. 그리하여 마침내 이런 참말을 하기에 이른다. "사천 년간 사람을 먹은 이력을 가진 나, 처음엔 몰랐지만 이젠 알겠다. 제대로 된 인간을 만나기 어려움을!"

「광인일기」의 마지막 구절 "救救孩子……"는 루쉰학의 공안公案 중 하나였다. 크게 대별하자면 "아이를 구하라!"와 "아이를 구하긴 해야 할 텐데……" 정도로 입장이 나누어진다. 전자는 계몽주의적 번역이고 후자는 참회의 염念을 담은 실존주의적 번역인 셈인데, 여기서는 "……"의 뉘앙스도 그러하려니와 작품 초입의 고문古文투로 된 액자틀의 내용형식을 고려해 "아이를 구해야 할 텐데……"로 옮겼다. 정신병이 나아 고위 관직으로 진출했음을 미리 주지시키고 있는 마당이라면 선각자연하는 목소리를 고집할 근거가 희박해진다. 게다가 이 절망은 백여 년이 지난 '지금, 여기'서도 여전히 현재진행형이 아닌가. '우리의 아Q' 선생께서 죽음의 문턱을 넘으며 처음이자 마지막으로 통찰한 것이 바로 이것이 아니던가. "둔하면서도 예리한, 그의 말을 씹어 먹고도 또 육신 이외의 무언가를 씹어 먹으려는 듯 영원히 멀지도 가깝지도 않게 그를 따라오는 눈길들."

그러니 눈을 똑바로 뜰 일이다.

옮긴이 공상철